Vlinder

'Om te leven, dacht ik,
je zou een vlinder moeten zijn,
om te vliegen heel ver weg
van alle leed en alle pijn.'

Uit: 'Verdronken vlinder'
Tekst: Lennaert Nijgh; muziek: Boudewijn de Groot

Lees ook van Wilma Geldof:

Rosa Rotmeid
Nathans val
Een laatste brief

Meer informatie vind je op:
www.uitgeverijholland.nl

Wilma Geldof

Vlinder

of het gedroomde leven

Uitgeverij Holland - Haarlem

Dit boek is genomineerd als kerntitel voor de Jonge Jury 2008
Stemmen? Kijk op www.jongejury.nl

Tweede druk: mei 2007

Omslagontwerp: Ivar Hamelink
© foto Publitek, Inc DBa Fotosearch, USA

© Uitgeversmaatschappij Holland - Haarlem, 2006

ISBN 978 90 251 1007 9
NUR 283 - 284

1.

Helemaal alleen ging ik de eerste keer naar 4U2B. Doodeng vond ik het, maar ik wilde er per se naartoe.

Mijn moeder had me een foto in een huis-aan-huiskrantje laten zien van een stel coole jongens en meiden rond een pooltafel.

'Nieuw jongerencentrum The Place 4U2B geopend', las ik. Behalve poolen kon je er tafelvoetballen, muziek luisteren, dansen en andere mensen ontmoeten. Precies wat ik wilde!

'Zullen we er vrijdag heengaan?' vroeg ik op maandag aan Gita. Gita woont tegenover mij, zit bij mij in de klas en elke dag fietsen we samen naar school.

'Oké,' zei Gita.

Maar donderdagavond zei ze dat ze níet ging. We liepen naar het veldje aan de rand van onze woonwijk waar we 's avonds regelmatig met mensen uit de klas rondhingen.

'Waarom niet?' vroeg ik verbaasd.

'Ik heb geen zin.'

'Kom op nou! Je hebt het beloofd!'

Ze schudde haar lange blonde haar naar achteren. 'Ja, maar ik heb er geen zin meer in,' zei ze.

'Hoe kun je dat weten? Je bent er nooit geweest!'

'Het lijkt me niks.'

'Wat ga je dan doen?'

'Gewoon. Thuis…'

'Thuis hangen?!' onderbrak ik haar. 'Straks ben je zestien en zit je nog altijd bij je pa en ma! Word je net als je ouders!'

'Ik vind het best leuk... '

'Nou, ik wil níet het hele weekend thuis zitten.'

'Ik zit niet het hele weekend thuis. We gaan ook weg.'

'Ja, naar familie,' zei ik vol verachting.

'Ook genoeg andere dingen, hoor.'

'Nou, wij niet,' zei ik boos.

'Daar kan ik niks aan doen,' vond Gita. 'Ha Meike! Denise! Laurens!' riep ze.

Ik stak een hand op naar mijn klasgenoten op het veldje. Misschien wilde een van hen wel mee.

'Echt niet,' zei Meike. 'Volgens mij komen daar alleen jongeren van "de andere kant". O, sorry Denise.'

Denise haalde haar schouders op. 'De andere kant, pfff.'

Zo noemden we op de basisschool de wijk met hoge flats en kleine rijtjeshuizen, aan de andere kant van het water. Ónze basisschool was aan déze kant, waar wij woonden in chique vrijstaande huizen.

'Zijn we niet een beetje te groot om dat nog zo te noemen, Meik?' vroeg ik pesterig.

Bij ons in de klas zaten ook kinderen van "de andere kant". Sommigen, zoals Denise en Joey, kwamen ook op het veldje.

'Nou ja, je snapt best wat ik bedoel. Van die probleemjongeren. Je weet wel.'

'Laten we morgen een fles rum leeg drinken en erheen gaan!' riep ik. 'Sloveense rum, 75 %.'

Dat had mijn vader in de kast staan. Ik had het nog nooit geproefd. Ik hield niet zo van alcohol.

'Dat durf je niet eens,' zei Meike.

'Jij altijd met je idiote ideeën,' zei Gita.

Saaie stofkoppen, dacht ik boos. 4U2B was in onze woonplaats en speciaal voor onze leeftijd. Wat kon er mis mee zijn? Laurens zei dat er waarschijnlijk niets mis mee was, alleen: hij wilde niet. 'Ik ook niet hoor,' zei Denise.

'En ik wil niet alleen!'

'Dat is jouw probleem,' zei Gita. Denise knikte.

Ik dacht: ik heb geen goeie vriendin, dát is mijn probleem. Maar dat zei ik natuurlijk niet.

Elke dag ging ik naar school, daarna maakte ik huiswerk en 's avonds hing ik op het veldje. Reuze opwindend, maar niet heus.

Mijn klas was oerstom: de ene helft slaapverwekkend saai, de andere helft kakkerig arrogant. In de hoogste klassen zaten wel een paar leuke jongens en ik droomde er vaak van dat zo'n jongen mijn vriend zou worden, maar ondertussen liep ik in mijn eentje rond. Ik vond het er vreselijk. En ik moest nog drie jaar!

Mijn leven was saai. Verschrikkelijk saai. Dat was mijn tweede probleem.

Die vrijdagavond ging ik alleen de deur uit. Het was eind april en niet koud, maar ik voelde me rillerig. Alsof ik naar een strafkamp moest, zo traag fietste ik in de richting van het centrum.

Ik wist waar ik moest zijn. Mijn ouders zijn eigenaar van twee avondsupermarkten - 'Peters Super' - en voorbij de eerste winkel, in de Mosselstraat, was 4U2B. Niet ver van het huis van mijn oma.

Een beetje zenuwachtig vroeg ik me af hoe het er zou zijn. Ik kon me levendig voorstellen wat er allemaal mis zou kunnen gaan. Misschien kwam ik veel te vroeg en was er nog niemand. Zat ik daar voor gek, in m'n eentje. Maar, dacht ik meteen daarna, misschien was het juist heel druk en stond iedereen in groepjes en was niemand alleen. Ik

zou niet zomaar met iemand een praatje durven aan-
knopen. Ik zou vast een verschrikkelijke blunder slaan.
Waarom fietste ik niet gewoon terug naar het veldje? Naar
'onze kant'? Maar dan zou er nooit iets veranderen! Nee,
sprak ik mezelf streng toe, je gaat in ieder geval naar
binnen en je koopt een cola. Misschien zit je over een half
uur weer op de fiets terug, maar níet nu.

Voor de ingang hing een groepje luidruchtige Antilliaanse
jongens. Petjes, lage broeken, dure hiphop-shirten, druk
gezwaai met hun handen. Nee hè. Die zouden natuurlijk
iets lulligs roepen als ik langs hen liep. Jongens doen dat
altijd als ze in een groep zijn.

'Echte andere kanters,' zouden Gita of Meike zeggen. Maar
ik was anders. Ik vond hen juist spannend. Een beetje eng,
maar leuk. Ze zouden mij toch geen tutje vinden? Keurend
keek ik omlaag. Ik had mijn stoerste kleren aan. Voor de
spiegel thuis was ik heel tevreden geweest, maar nu wist ik
het ineens niet meer. Opnieuw aarzelde ik. Wilde ik wel
naar binnen? Zou ik niet gewoon doorfietsen? Maar dan
durfde ik een volgende keer helemaal niet meer terug te
komen. Mijn ademhaling versnelde terwijl ik op mijn rem
trapte. Op veilige afstand van de jongens - het kon nog lijken of ik ergens anders naar toe ging - zette ik mijn fiets
tegen het hek. Daar gaan we dan, dacht ik. Stoer zijn, Suus.
Toen liep ik in de richting van de ingang.

Shit. Ja hoor. Ze keken al.

'Hé, een nieuw chickie,' begon eentje toen ik vlakbij was.
'Een cuty,' zei een ander.

'Vind je?' zei de volgende. 'Die…' Wat hij verder nog zei,
was onverstaanbaar. Want op dat moment klonk een kei-
harde brul door de lege straat: 'Heeeeeeeee Sukkieeeeee!'
Ik wist meteen wie het was. Ik had natuurlijk gewoon

door moeten lopen. Hup naar binnen. Alsof ik niets te maken had met die domme schreeuwer. Maar woest draaide ik mij om naar dat rotbroertje dat zo dolgraag alles voor mij verpest.

Hij zegt altijd Sukkie. Dat is begonnen doordat ik hem steevast 'ukkie' noemde.

Toen ik voor de honderdste keer: 'Daan is een ukkie!' riep, verslikte hij zich in zijn boosheid. 'Suus is een sss...sukkie!' riep hij terug.

Daar moesten we allemaal zo om lachen dat hij mij sindsdien zo is blijven noemen: Sukkie. Mijn vader en moeder zeggen meestal Suus. Susanne - zoals ik officieel heet - hoor ik alleen buitenshuis. Ik heb de naam 'Sukkie' nooit erg gevonden. Maar nu begonnen die jongens keihard te lachen.

'Sukkie? Heet jij Sukkie?' riep de grootste en breedste van het stel.

'Hé, Sukkie, suck me!' riep een ander.

'Hahaha, suck me!'

Knalrood werd ik. Nooit gedacht aan Sukkie met ck.

'Sukkel' wilde ik terugzeggen, maar bij de s bleef ik steken omdat het te veel op 'Sukkie' leek, en toen zei ik heel dom: 'Sss... Sikkie.' Ik leek net Daan toen hij vijf jaar oud was.

De brede macho Antilliaanse jongen - een sportschooltype behangen met vette gouden sieraden - keek me doordringend aan. Hij droeg zijn haar in strak naar achteren gevlochten vlechtjes. Zijn oogwit was zo helder dat het zijn glanzende donkere ogen nog meer deed fonkelen. 'Ja,' zei hij. 'Jij bent sick.'

Hij grijnsde. 'Goeie nickname. Hé Sicky, welkom in de scene.'

2.

De muziek stond lekker hard en er waren redelijk wat mensen binnen. In groepjes stonden jongens en meiden - apart en door elkaar - te ouwehoeren en te lachen. De sfeer was heel relaxed. Ik kocht een cola en leunde tegen een muur. De meeste zitplaatsen waren bezet. Ik keek een beetje rond en probeerde net zo ontspannen over te komen als de rest, maar ik voelde me verschrikkelijk onzeker. Ik had het gevoel dat iedereen me bekeek en me beoordeelde. Er waren heel verschillende types, van alto's tot hiphoppers, maar op een paar gothics na vond ik iedereen er geweldig uitzien. Heel anders dan op het veldje!

Ik bedacht dat ik later wel een eigen café wilde beginnen. Werken in de horeca was misschien wel wat voor mij. Dít was het soort mensen bij wie ik wilde horen! Maar, dacht ik bang, zouden zij míj ook leuk vinden?

Toen ik de blik van een jongen ving, keek ik snel weg. Vond hij dat ik hem stond aan te gapen? Opgelaten ging ik er vandoor. De grote zaal uit. Ik struikelde nog net niet over mijn eigen voeten. Bij het tafelvoetbal bleef ik staan. Zogenaamd relaxed hing ik in de deuropening om het spel te volgen. Ik vroeg me af wat ik hierna kon doen. Ik nipte van mijn cola. Als die op was, had ik letterlijk niets meer om handen.

Ik durfde niemand aan te spreken. Ik durfde niet op één van de paar lege zitplaatsen in de grote zaal te gaan zitten. Ik kon niet in m'n eentje blijven koekeloeren. Als mijn glas leeg was, zou ik weggaan. En wat had ik dan bereikt? Niets. Helemaal niets. Ga maar terug naar je veldje, Suus, zei ik in mezelf.

'Doe je mee?'

Automatisch draaide ik mijn gezicht om te zien tegen wie de jongen het had, maar ik zag niemand.

'Zin om mee te doen?'

Het was een leuke jongen die tegen me sprak. Halflang blond haar dat hij achterover droeg, erg lichtblauwe ogen. 'Uh nee... Ik kan het niet.' Sukkel, sukkel, schold ik inwendig. Nu zou hij iemand anders vragen.

'Geeft niet. Ik kon het eerst ook niet.'

Met knikkende knieën liep ik naar de tafel. De jongen aan de andere kant raapte zijn rugzak van de grond en vertrok. 'Hé doei, Jesse. Veel plezier!' Nog net merkte ik de vette knipoog op en toen was ik alleen met hem. Jesse dus.

Met de eerste bal liet Jesse zien wat hij kon. Binnen één seconde knalde de bal door mijn doel. Daarna speelde hij heel voorzichtig om mij de kans te geven het een beetje te leren. Als ik met mijn spelers bij de bal kon, deed hij geen enkele moeite de bal af te pakken. Hij liet mij mijn voetballertjes omslachtig om de bal draaien om te proberen zo hard mogelijk in de richting van het doel te schieten. Echt hard was dat niet en het kostte Jesse dan ook geen enkele moeite alle ballen tegen te houden.

Af en toe, per ongeluk leek het wel, scoorde Jesse. Drie ballen liet ik zélf mijn eigen doel inrollen, maar de achtste bal verdween in Jesses doel. Ik verdacht hem ervan dat hij het expres liet gebeuren. Ik juichte en Jesse lachte.

'He Sicky, alles goed?' De brede macho hiphopper die ik buiten ontmoet had, kwam met een vriend bij de tafel staan. Hij droeg een jungle T-shirt en had een gouden ketting met een groot kruis om. Ik liet de negende bal door mijn doel glijden.

'Niet zo goed,' grijnsde ik.

'Fawaka Bling,' zei Jesse.

'Hé man.'

'Bling?' zei ik terwijl ik licht kleurde. 'Hoe kom je nou aan die nickname!'

'Iedereen houdt van bling,' zei hij met een lachje.

Ik vond Bling spannend maar ook een beetje eng omdat ie zo enorm breed was. Bij Jesse voelde ik me instinctief veilig. Jesse zag er stoer, maar tegelijk heel lief uit.

'Kom op, Sicky. Harder!' zei Bling. Ik was er trots op dat hij me zo noemde. Het was ineens alsof ik er helemaal bij hoorde. Het ging beter dan ik had durven dromen.

Opgelaten onder de observerende ogen van Bling liet ik de laatste twee ballen door mijn doel glippen. Mijn wangen gloeiden. Ik deed een stap naar achteren.

'Gaan jullie maar.'

Jesse speelde in zijn eentje tegen Bling en een jongen die Wacko genoemd werd. Ik volgde de snelle polsbewegingen die de ballen als uit een mitrailleur heen en weer lieten schieten. Pang pang! De ballen ketsten over het veld. Ik liet mijn blik een tijdje op Jesse rusten. Hij moest vast voelen dat ik naar hem keek, maar hij keek niet terug. Op zijn gespannen voorhoofd glommen zweetdruppeltjes. Hij liet zich niet afleiden. Pas na de laatste bal rechtte hij zijn rug en lachte naar mij. Bling en Wacko sloegen hem op zijn schouder. Jesse had gewonnen. Met zes - vijf. Ik zag hoe belangrijk dat voor hem was.

We fietsten samen naar huis. Het was koud geworden en we trapten flink door. Ik had Jesse nooit eerder gezien, maar hij bleek in dezelfde wijk te wonen. Niet in een huis als het onze. Hij was van "de andere kant". Hij woonde aan de andere kant van het water, in één van de flats. Ik vroeg me altijd af hoe mensen op zo'n kleine ruimte konden leven. Ik was er wel eens binnen geweest. De portieken stonken en de lift kraakte.

'Daar woon ik.' Met mijn hoofd knikte ik naar het slingerende paadje achter de villa's en minderde vaart. Ik verwachtte dat Jesse hetzelfde zou doen, maar dat deed hij niet. Hij riep: 'Hoi, zie je' en fietste door.

Op de stoep staarde ik hem na tot hij in het donker, zonder omkijken, de hoek om was verdwenen. Ik begreep er niets van.

Hoezo begrijp je er niks van, dacht ik toen. Hij gaat er als een speer van door. Duidelijk toch? Hij vindt je niet leuk. Hij vindt je saai. Je hebt geen woord gezegd tijdens het fietsen. Blijf morgen maar thuis. Ga terug naar het veldje. Blijf bij wat je kent.

Nee, hou op, dacht ik toen. Twijfel niet zo aan jezelf! Het is juist klasse dat hij niet meteen van alles probeert! Jongens willen altijd zien hoever ze kunnen gaan. Maar Jesse is anders. Lief.

Hij is leuker, besloot ik, dan alle jongens uit de hoogste klas van mijn school. Bovendien weten die niet eens wie ik ben. En Jesse zie ik morgen weer. Dat heeft hij gevraagd. Natuurlijk zou ik gaan!

3

Twee weken trok ik nu met Jesse op. Hij woonde niet alleen bij mij in de wijk, hij had ook op dezelfde middelbare school gezeten, een klas hoger. Hij was een drop-out. Midden in het vorige schooljaar was hij gekapt. Na een paar maanden niets doen, volgde hij nu een opleiding voor fitnessinstructeur en dat ging hartstikke goed, zei hij, want hier was hij gemotiveerd voor. Hij was verschrikkelijk sportief. Deed aan fitness, judo (hij had de zwarte band) en was aanvoerder van het rugbyteam.

De avonden die hij vrij was, hingen we in 4U2B rond of we gingen naar het centrum. Hij liet mij muziek horen, op zijn mp3-speler of in de muziekwinkel, die totaal nieuw voor mij was. Ik vond die muziek fantastisch. Als hij nu met Bling praatte, begreep ik bovendien waar ze het over hadden.

Ik leerde van alles. Over rap en hiphop, en dat zwarte wodka lekker mixte met seven-up en een heleboel Surinaamse woorden die iedereen in 4U2B gebruikte. Op internet zocht ik 'jongerentaal' en leerde woordjes. (Niemand wist natuurlijk dat ik dat deed!) Ik pikte het sneller op dan de Duitse woordjes die ik voor school moest leren. Ik vond het belangrijker. School, dat was mijn leven niet.

Jesse was net als ik een eenling in 4U2B. De rest van de bezoekers bestond uit groepjes, maar Jesse werd wel gerespecteerd en hij kende zo'n beetje iedereen.

De belangrijkste figuur in 4U2B was ongetwijfeld Bling. Hij liep er rond alsof hij een beroemdheid was. Hij maakte een enorm zelfverzekerde indruk. Volgens mij had iedereen ontzag voor hem. Bling deed altijd aardig tegen mij. Dat vond ik te gek. Vooral als hij in de grote ruimte iets tegen mij zei waar iedereen dat kon zien. Dat hij mij 'Sicky' noemde maakte me trots. Veel lui gebruikten bijnamen. De zwarte vriendjes van Bling hadden namen als Wacko, Dope, Killah, Vip en Smiley.

Praten deden Jesse en ik niet veel. Met jongens had hij het - behalve over muziek - over brommers of sport. Als hij de vrienden van Bling tegenkwam, begonnen ze elkaar vaak voor de gein hard te stompen en met elkaar te vechten. Ik moest snel opzij springen om geen mep te krijgen. Ik geloof dat Jesse vooral probeerde om indruk op Bling te maken. Bling zelf deed niet mee met dat domme vechten. Bling was echt cool.

Ik vond dat knokken niet leuk, maar er was iets anders wat me meer stoorde. En wat me onzeker maakte.

Op een nacht riep de deejay in 4U2B: 'Om af te sluiten dit keer iets lekker ouderwets: een paar slownummers!' Een soft en langzaam nummer klonk door de luidsprekers. Er werd gelachen, maar nadat een eerste jongen en meisje de dansvloer opgingen, volgden er meer.

Ik keek naar het close dansen en wist dat Jesse naast mij er ook naar keek. Ik dacht: nu moet hij mijn hand pakken en me meenemen naar de dansvloer. Maar natuurlijk deed hij dat niet. Onbeweeglijk bleef hij zitten, net als ik. Ik voelde me boos. Op hem en op mezelf. Omdat we allebei van die schijters waren.

Een lange jongen kwam op me af. Ik kende hem vaag. Ik geloof dat hij in de hoogste klas bij mij op school zat. Hij knikte met zijn hoofd in de richting van de dansvloer. 'Ja?' Even aarzelde ik. Toen stond ik op. Voor Jesse hoefde ik het niet te laten. We hadden geen verkering. Hij wilde toch niets? Ik legde mijn armen om de hals van de jongen en slowde met hem. Met halfgesloten ogen tuurde ik naar de stelletjes om ons heen, sommigen verliefd, anderen aan het geinen, ik zag hoe iedereen elkaar vasthield en het naar zijn zin had. Opeens zag ik Jesse aan de kant. Niet de lieve vrolijke Jesse, maar een donkere schaduw. Ik deed mijn ogen dicht.

'Hé,' schreeuwde de jongen met wie ik danste halverwege het nummer in mijn oor. Hij boog zich naar voren. Ik keek omhoog.

'Zal ik vragen of Jesse het overneemt?'

'Nee hoor,' zei ik verontwaardigd. 'Hoeft niet.'

Ik draaide mijn gezicht weg. De jongen zei nog iets, wat ik niet meer verstond. Als Jesse mij niet uit zichzelf vroeg, dan níet. Ik zat niet te wachten op hulp. Wat dacht hij wel? Danste hij alleen met mij om Jesse te helpen? Zak. Meteen had ik geen zin om nog langer met hem te slowen, maar stoppen durfde ik ook niet.

Ik hoorde een meisjesstem: 'Hé joh, Jesse. Ga nou!'

'Dit is toch geen dansen!' antwoordde Jesse. Hij spuugde de woorden uit. Meer minachting kon hij niet in zijn stem leggen. Ik hield mijn ogen gesloten. Ik wilde er niets mee te maken hebben.

Toen het nummer eindelijk afgelopen was, liet ik de jongen los en liep terug naar de kant, maar Jesse zat er niet meer. Zeker weer tafelvoetballen, dacht ik, of ouwehoeren over zijn brommer. Ik pakte mijn jas en liep de zaal uit. Ik ging naar huis. Hij bekeek het maar.

Ik was niet verliefd op Jesse, maar als hij verkering gevraagd zou hebben, had ik daar 'ja' op gezegd. Zeker weten. Als hij geprobeerd zou hebben mij te zoenen, dan had ik terug gezoend. Maar Jesse deed niets. Helemaal niets. Al twee weken lang: niets. De schijterd.

Thuis zat mijn moeder voor de tv. Daan - die al tien is - hing tegen haar aan, bijna op haar schoot.
'Baby,' gromde ik.
'Theemuts.'
'Soepkip.'
'Wat ben je vroeg?' zei mijn moeder.
'Ik miste jullie. Nou goed.'
Ik plofte naast hen op de bank. Daan kon nog gewoon bij mijn ouders op schoot zitten en lekker knuffelen. Ik was vijftien en niemand raakte mij meer aan. Hooguit kon ik van mijn ouders een aai over mijn bol krijgen. Daar moest ik het mee doen. Zelfs Jesse wilde niet aan mij zitten.
Mijn moeder stak haar arm naar mij uit. 'Gezellig hoor, schatje.'
Hou op met je schatje, dacht ik en ik snauwde: 'Doe normaal.' Meteen had ik spijt.
'Ik ga naar bed,' zei ik toen maar en gaf mijn moeder een zoen op haar wang. Verrast keek ze op.
'Welterusten, schatje,' zei ze.

In de badkamer kleedde ik mij voor de grote spiegel uit. Alles was recht of hoekig aan mij. Mijn armen en benen waren lang en mager, schouders en heupen staken benig uit, mijn 'borsten' verdienden die naam nog niet. Glooiende heuveltjes waren het, uitstekende tepels, meer niet. Ik had nog steeds een kinderlijf. Terwijl ik al vijftien was. De dunste en de platste van mijn klas, dat was ik. Soms was ik bang dat mijn lichaam niet normaal was en dat ik altijd zo'n jongenslijf zou houden. Geregeld inspecteerde ik of mijn borsten al gegroeid waren. De afgelopen twee weken was ik ervan overtuigd dat ze groter waren geworden, maar nu zag ik dat dat alleen maar verbeelding geweest was.

4.

Een week lang kwam ik niet in 4U2B. Ik hoopte dat mijn afwezigheid Jesse tot actie zou aanzetten, dat hij me op zou bellen. Maar dat gebeurde niet.

Uit pure verveling ging ik weer naar het veldje. Ik nam me voor niets over 4U2B te vertellen, maar niemand vroeg er iets over. Ik tuurde naar de weg. Misschien kwam Jesse hier wel langs als hij naar 4U2B ging.

'Hoehoe!' Meike stond voor mijn neus te zwaaien. 'Ik vroeg of je al gehoord hebt over het schoolfeest.'

Ik knikte. De laatste schooldag, voor de zomervakantie, zou er een feest zijn omdat de school tien jaar bestond. Geen gewone disco, maar echt chique. De meiden in het lang, de jongens in pakken. Eerst een diner. Ik had er nu al zin in.

'Wil je daar wél heen?' vroeg ik aan Gita.

'Dat is van school. Dat is anders.'

'In 4U2B komen alleen negers,' zei Joey.

'Probleemjongeren,' zei Meike. 'Andere kanters.'

'En er wordt gedeald,' zei iemand.

'Hé wittie, wil jij wat van mij smoken? Een lekker jointje?' riep Laurens met een Surinaams accent. Iedereen lachte.

'Jullie zijn echt dom!' riep ik, maar niemand luisterde naar mij. Ik leunde tegen een boom en staarde de lege straat in.

Die nacht fantaseerde ik dat ik weer naar 4U2B ging. Ik zag Jesse bij de pooltafel. Hij keek op en lachte naar mij. 'Hé Sicky,' zei hij verrast, stopte zomaar midden in het spel en liep op mij af. De jongens met wie hij speelde, protesteerden: 'Jesse, je bent nog aan de beurt, man! Maak eerst dit potje af!' Maar Jesse trok zich niets van hen aan. 'Susanne, ik heb je gemist,' zei hij. Hij sloeg zijn armen om mij heen en zoende mij. Midden in 4U2B.

Met een brede glimlach op mijn gezicht lag ik in bed.

Maar toen ik uiteindelijk toch weer naar 4U2B ging, gebeurde er iets heel anders. Die avond - 21 mei - zal ik mijn hele leven niet vergeten.

'Hé hoi.' Jesse stond tegen een muur geleund in de grote zaal. 'Alles chill?'

Ik knikte.

'Ik kan misschien de brommer van Wacko overnemen. Vet ding, joh. Als hij er is, moet je even kijken.'

Jesse praatte tegen me alsof er niets aan de hand was. En ik deed weer mee. Naast hem stonden Bling en zijn vrienden. Ze keken naar een meisje met blond en roze rastahaar dat in haar eentje op de kleine dansvloer begon te dansen. De onderste helft van haar schedel was kaalgeschoren waardoor de dreads los om haar hoofd leken te zweven.

Bling stond wijdbeens, de armen over elkaar, zijn hoofd iets achterover, en had een blik van: 'Wie ben jíj dan wel?' De houding van zijn vrienden was een bijna exacte kopie. Aan de andere kant hing een groepje alto's minachtend kijkend omdat de muziek niet hún keuze was. Ik wist mij met mijn houding niet goed raad. Had ik maar iets te drinken gekocht, dacht ik, dan hadden die lange apenarmen er niet zo nutteloos bij geslungeld. Maar nu alle blikken gericht waren op het dansende meisje, durfde ik de dansvloer niet meer over te steken naar de bar. Op het veldje durfde ik alles omdat ik die lui maar stofkoppen vond. Hier durfde ik bijna niks.

Het meisje hief haar armen wijd en danste met haar ronde

billen naar achteren. Supersnel bewogen die billen. Ik kon niet anders dan er gebiologeerd naar staren. Opeens was er niets anders meer dan het meisje op de dansvloer en de dreunende muziek. Ze draaide zich om en lachte. Haar bovenlichaam hield ze stil, alleen haar heupen bewogen. Toen veranderde ze weer, ze liet haar borsten even schudden en daarna danste ze met armen, benen, billen, borsten, met alles wat ze had. Er was geen lichaamsdeel dat niet bewoog, maar geen moment was het overdreven ofzo. Vloeiend als water was ze. Als Braziliaans carnaval, een swingende negerin, een buikdanseres, ze was energie. Seks.

Nog nooit had ik iemand zo zien dansen. Ja, op MTV, maar niet in het echt. Veel meisjes deden het schudden met billen en borsten na van videoclips. Maar dit was wel even wat anders.

Wij - Bling en zijn macho vriendjes, de stoere alto's, de trendy meiden, Jesse en ik - wij allemaal waren niet meer dan toeschouwers, publiek. Zelfs Bling viel niet meer op. De hele ruimte leek alleen met het dansende meisje gevuld. Bij toeval keek ik haar recht in de ogen. En zij keek terug. Mijn hart begon te bonzen.

Iedereen stond erbij alsof het niet echt boeide wat het meisje deed, maar de ogen waren groot en de monden vielen bijna open. Zelfs de slome blowers keken. Zoiets was niet eerder vertoond in 4U2B.

Na de eerste stille verwondering kwamen de reacties los. Bling gooide zijn heupen naar voren en maakte een paar hitsige sprongen. Dit was het startsein voor zijn vrienden om obscene bewegingen en gebaren te maken. Een paar jongens begonnen te fluiten, één graaide naar zijn gulp. De trance was verbroken, maar het meisje ging ongegeneerd door. Haar ogen zeiden dat ze zich van niemand wat aantrok. Ze lachte naar Bling en zijn vriendjes, kwam uitdagend op hen af dansen en schudde nog eens met haar billen.

De jongens joelden.

'Pff,' blies Jesse geringschattend. 'Stom gehuppel.'

'Gehuppel?!' reageerde ik verontwaardigd. 'Dit is echt strak, man.'

'Ik ga ergens anders heen.'

'Moet je doen.'

Ik vond het niet erg. Ook híj had zijn ogen niet van het meisje af kunnen houden. Het was die bangerd gewoon teveel.

Toen de laatste tonen van het nummer klonken, kwam het meisje tot stilstand, ze schudde haar kleurige dreads naar achteren en lachte haar tanden bloot. Onze blikken kruisten elkaar weer. Ik voelde haar energie. Ik lachte terug, en voelde hoe mijn lach van oor tot oor kroop. Toen knalde een nieuw nummer uit de boxen.

Het meisje veegde met een hand over haar bezwete voorhoofd en kwam naast mij staan.

'Wat een uitsloofster, die witte fopnegerin,' hoorde ik een meisje achter mij.

'Wigger,' zei haar vriendin. White nigger, betekende dat. De jaloezie spatte van hun woorden. Ik geloof dat ik de enige was bij wie de betovering niet was verbroken. Bling en zijn maten verdwenen naar de poolzaal. Iedereen ging weer verder.

'Wil je wat drinken?' vroeg ik.

'Hm, een cola graag.' Ze zei 'coh-la' in plaats van gewoon 'có-la.' Ze had een mooie lage stem en sprak met een zachte g.

Soepel bewoog ik naar de bar. Zonder knikkende knieën. Alsof een klein vonkje van haar sensuele dans op mij was overgesprongen. Ik wist niet of er naar me gekeken werd - dat gevoel had ik altijd - maar als het zo was, vond ik het dit keer prima! Iedereen mocht mij zien. Ik liep rechtop, kocht twee cola en keerde terug naar het meisje. Ze was een eindje verderop gaan staan, verder van de geluidsboxen vandaan.

'Hoe heet je eigenlijk?' vroeg ze.

'Susanne,' zei ik.

'Susanne? Leuk.'

Ik haalde mijn schouders op.

'Ja,' zei ze. 'Leuke naam. Echt een lieve-meisjesnaam.'

'Nou, bedankt!'

Ik zei haar dat ze me in 4U2B ook wel Sicky noemden, 'met ck' maar die naam verwierp ze meteen. 'Susanne past beter bij je. Ik heet trouwens Vlinder.'

'Vlinder?'

Ze knipperde een paar keer met haar ogen en knikte kort. Vlinder... Die naam paste tegelijk wel en níet. Ze was fladderig en beweeglijk maar ook heel aards. Ik vroeg: 'Ben jij rasta?'

Ze schudde haar hoofd. 'Ik ben Vlinder.'

'Of hiphop?' vroeg ik.

'Neehee.' Vlinder lachte haar tongpiercing bloot. Er verschenen kuiltjes in haar wangen die licht kleurden. 'Ik ben Vlinder. What you see is what you get.'

Ik lachte terug. Ik vond haar geweldig.

'Hoe jij danst,' zei ik. 'Dat is net alsof je naar een clip op MTV kijkt.'

Vlinder keek me verrukt aan. Ze had ronde grijsblauwe ogen die een beetje puilden. Alsof ze voortdurend een beetje verbaasd keek. Ze straalde een en al puurheid en eerlijkheid uit. 'Dat is precies wat ik wil!' riep ze. 'Dansen in clips. Daarom wil ik naar Amerika.'

Ze noemde verschillende artiesten in wiens clip ze zou willen dansen. Ik knikte hoewel ik de meeste namen niet kende. Ik vroeg haar naar welke school ze ging, maar Vlinder ging niet meer naar school. Omdat ze zeker wist dat ze clipdanseres - 'video vixen' zei ze - wilde worden, was school niet belangrijk meer. Sinds kort woonde ze in dit gehucht. Zo noemde ze onze toch middelgrote stad. Ze kwam uit Brabant en haar ouders waren op wereldreis. Op dit moment reisden ze door India. Toen haar ouders vertrokken, was zij bij een oom en tante gaan wonen voor haar laatste schooljaar, maar dat was niets geworden. Die school niet en die oom en tante niet. En daarom woonde ze nu hier. Bij een kennis.

'Wat vinden je ouders daar allemaal van?' vroeg ik verbluft.

'Ze zijn er niet blij mee,' antwoordde Vlinder kalm, 'maar ze snappen dat ik geen klein kind meer ben en dat ik zelf keuzes maak. Ik ben zestien. Ze vertrouwen me.'

'Goh.'

Mijn ouders vertrouwden mij ook. Ik had hun vertrouwen nooit beschaamd. Maar ze zouden het nooít goed vinden als ik van school wilde. Dat wist ik zeker. Ik zei dat tegen Vlinder.

'Het is toch jouw leven,' zei ze.

Ik knikte. Ze had gelijk natuurlijk. Ik was nog geen zestien, maar een klein kind was ik ook niet meer. Het duizelde me even.

'Live your life like it's your dream,' zei Vlinder met haar Brabants accent. 'Dat is mijn motto.'

Vol bewondering keek ik naar haar. Alles was anders aan haar. Zij was rond en blond - ik dun en donker. Haar ouders waren jong en cool - ik kwam uit een traditioneel hutspotgezin. Maar het belangrijkste was dat Vlinder - dat zag je meteen - alles durfde. Ik had mijn tegenpool ontmoet. Mijn gespiegelde zelf.

Ik wilde zijn zoals zij.

5.

Vanaf die dag ging ik vaak 's middags na school al naar 4U2B om Vlinder te zien. Mijn moeder was blij voor me dat ik een vriendin had, al vond ze dat ik veel te vaak weg was.

'Neem die Vlinder - heet ze echt zo? - eens mee naar huis,' zei ze.

'Nee hoor,' zei ik. 'Geen zin in.'

Mijn ouders zijn hartstikke aardig - vooral mijn vader is lief, mijn moeder is pinniger - maar ze zijn echt ouderwets. Ik was bang dat ze Vlinder - met haar dreads, haar neus-, tong- en navelpiercing en tatoeage op de onderrug - veel te wild zouden vinden.

Later zou ik haar wel een keer meenemen. Later.

'Kom straks even kijken naar m'n brommer!' riep Jesse van een afstandje. Ik knikte.

Jesse deed net zo aardig als altijd, hoewel ik hem niet vaak meer opzocht in 4U2B en we nooit meer samen terug naar huis fietsten.

'Is hij een ex van je?' vroeg Vlinder.

Ik schudde mijn hoofd. 'Nee. Het had best gekund, maar hij dééd maar niks. Het is gewoon een bange schijterd.' Mijn woorden klonken boos.

Ze lachte. 'En jij? Wat deed jij?'

Vlinders mobiel begon te trillen in haar jaszak. Ze keek op de display, drukte de beller weg en zette haar mobieltje uit. 'Iemand uit Brabant,' zei ze. 'Bel ik later wel terug.'

'En wat deed jij?' vroeg ze weer.

'Niks,' zei ik dom.

'Ha ha. Je bent dus zelf een bange schijterd,' lachte Vlinder. 'Waarom zou híj het initiatief moeten nemen?'

Ik zweeg. Dat had ik natuurlijk ook allang bedacht.

Vlinder schudde aan mijn arm. 'Wakker worden! De middeleeuwen zijn voorbij!'

'Ja maar,' sputterde ik, 'misschien ziet hij mij alleen als een maatje. Misschien valt hij helemaal niet op mij. Als ik hem ga versieren en hij wil niet, sta ik toch voor gek!'

'Helemaal niet,' zei Vlinder. 'Je bent alleen een sukkel als je de dingen die je echt wilt, níet doet.'

Ik zweeg ongemakkelijk.

'Dat leer ik je nog wel, kleine gup,' zei ze vriendelijk.

Ik trok een grimas, maar ondertussen wist ik best dat ik heel blij moest zijn met een vriendin als zij. Zo'n angsthaas als ik kon een hoop van haar opsteken. Ik had nog nooit een echt vriendje gehad. Twee keer had ik gezoend, op vakantie in Griekenland. Een magere score.

Vlinder ging met haar vingers als een kammetje door mijn haar. 'Weet je waar ik zin in heb?' vroeg ze. 'Chocola. Pure chocola. Zo'n grote dikke reep.'

Ze likte haar lippen af en lachte naar een jongen. 'Hmm, lekker,' zei ze en lachte nog harder.

Even later liepen we in een warenhuis in het winkelcentrum, op zoek naar chocola. Op de snoepafdeling begon Vlinder ineens te treuzelen. Ik pakte een zak reepjes uit het schap, maar ze nam de zak van me af en gooide hem terug.

'Nee,' zei ze beslist. 'We gaan geen chocola kopen. Bah. Is alleen maar vet en suiker en je krijgt er pukkels van. Kom!'

'Pff,' zei ik en stak mijn arm opnieuw uit naar de zak, maar Vlinder trok mijn hand weg. 'Kom op nou.'

'Nee,' zei ik.

'Jawel!' Ze klonk dwingend. Bijna boos.

Beduusd liet ik mij meevoeren. Vlinder trok me aan mijn pols en ik holde met haar mee, het overdekte deel van het winkelcentrum uit, naar het plein. Soepel zigzaggend door de mensenmassa rende ze voor me uit. Ik struikelde achter haar aan. Bij een bankje liet ze me los. Ze nam plaats op de rugleuning terwijl ik mij naast haar knieën op de zitting van de bank liet vallen.

Terwijl ik nog hijgde van het rennen, helde Vlinder naar voren, ging met haar hand in mijn jaszak en toverde een dikke reep tevoorschijn! Uit míjn jaszak!

'Haha. Geintje!' riep ze. Ze zwaaide met de reep voor mijn gezicht.

'Je hebt gejat?' Geschrokken keek ik haar aan. 'En het in míjn jaszak gestopt?!'

'Ik kan het niet riskeren om opgepakt te worden door de politie.'

'O, en ik wel zeker?'

'Jij bent vast nog nooit aangehouden.'

'Nee, natuurlijk niet.'

Ik spiedde alle kanten op. Had niemand het gezien? Was niemand van de beveiliging ons gevolgd? Gelukkig waren we niet naar Peters Super, onze supermarkt, gegaan!

'Je kunt het toch gewoon betalen?'

'Sinds ik bij mijn oom en tante weg ben, heb ik niet meer zo veel doekoe.'

'Doekoe?'

'Poen.'

'Oh.' O ja.

'Ik kan wel merken dat jij een stuk jonger bent.' Vlinder lachte. 'Maar ik keek net wel uit, hoor.'

Ze brak de reep door midden en duwde de helft in mijn

mond. 'Het gaat maar om een reep chocola, Suusje,' zei ze. 'Bovendien betaal je bij alles wat je koopt al voor diefstal. Wist je dat? Dat is in de prijs doorberekend. Dus als je nooít iets jat, betaal je áltijd te veel.'

Ik beet een stuk van de chocola - ik kon toch moeilijk een halve reep terug naar de winkel brengen - en liet Vlinders woorden over mij heen komen. Ik vond het stom. Ik zou háár eens zoiets flikken… Nou ja, dat deed ik toch niet. Ik zoog op het brok chocola. Het smaakte goed.

'Zou je ook van mij jatten?' vroeg ik.

'Doe niet zo idioot!' Vlinder keek me verontwaardigd aan. 'Wat denk je wel? Ik heb nog nooit van iemand… alleen uit winkels. Uit gróte winkels. Wat denk je wel van me?!'

'Sorry,' zei ik, terwijl ik mij rood voelde worden.

'Maar je dácht het wel!'

'Sorry,' zei ik weer.

Pas later bedacht ik dat ik haar helemaal niet beschuldigd had. Ik had alleen een vraag gesteld. Een lullige vraag, dat wel. Gelukkig trok Vlinder snel weer bij. Ze helde naar voren en leunde op mijn schouder.

'Suusje, ik doe heus geen echt erge dingen,' stelde ze mij gerust. 'Maar ik wil lól hebben. Waarom zou het leven altijd maar zo gewóón moeten zijn?'

'Gewoon?'

Ik keek Vlinder aan. Ze grinnikte. Er zat chocola op haar onderlip en op haar kin. Automatisch stak ik mijn vinger uit en veegde het weg.

Ze is gek, dacht ik. Leuk gek.

'Weet je,' zei ik grijnzend, 'met jou is het nooit gewoon.'

6

De vriendschap met Vlinder bracht me in een roes. Jesse was niet langer belangrijk. School was een soort rustpauze voor ik Vlinder weer zag. Op het veldje kwam ik niet meer. Onderweg en tijdens de schoolpauzes liet ik Gita kletsen over de leraren en over huiswerk, terwijl ik nauwelijks luisterde. Ik knikte maar wat aan het einde van een verhaal: 'Ja, je hebt gelijk.' Gita leek allang blij dat ik het met haar eens was. Ik geloof dat ze me aardiger vond dan normaal.

Alles draaide om Vlinder. Ik genoot van haar energie, haar lef, haar vrijheid. Samen waren we stoere avonturiers. We namen de trein naar Amsterdam. Trokken de stad door. Drukten onze neuzen tegen de ruit van een pornowinkel. We gruwden en lagen in een deuk. In een chique warenhuis pasten we hoeden tot we bijna in onze broek piesten van het lachen en weggestuurd werden. Ik had nog nooit een joint gezien, maar toen Vlinder er één wilde kopen - van een Duitse jongen op de dam - wilde ik dat ook en giechelde om alles.

Bijna alles wat we deden, bedacht Vlinder. En ik vond alles leuk. Ik had nog nooit een vriendin gehad met wie ik zulke dingen deed. Toen ze me vroeg om die vrijdag na het uitgaan bij haar te blijven slapen, zei ik meteen ja.

Ik moest het alleen thuis nog vragen.

Mijn vader zweeg. Mijn moeder trok een frons tussen haar wenkbrauwen. Ik onderdrukte de neiging om op mijn stoel op en neer te gaan wippen.

'Vlin woont in het centrum,' voerde ik aan. 'Dan hoef ik

niet in m'n eentje de halve stad door te fietsen midden in de nacht.'

De frons werd iets minder diep.

'Ik ben zaterdagochtend om elf uur weer thuis,' ging ik snel door. 'Goed?' drong ik aan. 'Voor één keer?'

Mijn moeder wisselde een snelle blik met mijn vader en knikte langzaam. Het mocht! Inwendig juichte ik. Mamma herhaalde dat ik zaterdagochtend om elf uur thuis moest zijn en ze vroeg me het adres op te schrijven. Ik pakte een pen en gaf een luchtkus aan hen beiden. 'Jullie vallen mee,' zei ik blij. 'Modern zijn jullie niet, maar in ieder geval doen jullie je best.'

Mijn vader en moeder lachten.

Ik schaamde me omdat ik verzwegen had dat Vlinder niet meer bij haar ouders woonde. Als ik verteld had dat ze bij een 30-jarige man in huis zat, had ik nooit gemogen. Nooit! Mijn ouders gingen er gewoon vanuit dat Vlinder thuis woonde, zoals iedereen die ik kende.

'Naar welke school gaat zij eigenlijk?' vroeg mijn vader.

'Weet ik veel.'

'Dat weet je niet?' riep mijn moeder. 'Je trekt toch al een tijdje met haar op! Waar praten jullie over?'

'Over boeiende zaken,' zei ik met een glimlach en ik boog mij snel voorover om zogenaamd mijn veters te knopen omdat ik mij behoorlijk rood voelde worden.

'Neem haar volgende week nou eens een keer mee naar huis.'

'Ja,' zei ik. 'Doe ik.'

Ik voelde mij als de verrader Judas, daar was geen driemaal kraaiende haan voor nodig.

Eén keer was ik in de flat van Fred geweest. Ik kon het moeilijk Vlinders 'thuis' noemen. Dat was het niet. Ook al was Fred er die avond zelf niet.

Het was een kleine, kale, verwaarloosde woning. Het behang was grauw en op veel plekken beschadigd, net als de vloerbedekking. In de woonkamer stond niet veel: een computermeubel, een breedbeeld tv, een bankstel dat ooit wit geweest moest zijn en een lage, glazen salontafel met een volle asbak, kranten en vieze glazen.

Het was rommelig, maar zolang je niet verder keek dan dit deel van de kamer, viel het mee. De hoek tegenover het zitgedeelte leek een vuilstortplaats. Op een matras op de grond lag Vlinders slaapzak in een bult. Er lag een berg kleren waar een roze string en een groezelige roze bh uit-bungelden. Daarnaast make-upspulletjes. Open potjes met lichtblauwe en gele crème. Uitgeknepen tubes. Lege snoepzakken. Tijdschriften. Plastic tassen. Sieraden. Lege vlabekers. Handdoeken.

Fred had haar een hoek van de kamer gegeven, maar die hoek was uitgedijd als een geëxplodeerde vulkaan.

Vlinder was tevreden met haar onderkomen. 'Het is droog,' zei ze. 'En hier ben ik mijn eigen baas.'

Op slag was ik helemaal blij met mijn eigen kamer thuis: mijn eigen bed, mijn eigen kledingkast, mijn eigen tv en dvd, mijn eigen computer. Al mijn eigen spullen. Netjes opgeborgen op een mooi geschilderde zolderkamer in een villawijk.

'Hoe heb je die man eigenlijk leren kennen?' vroeg ik.

'Wie, Fred? Via internet. Je weet wel.' Ze noemde een site. 'Ik heb veel met hem gechat.'

'Maar had je hem nooit gezien toen je hier kwam?'

'Jawel. Op de webcam.'

'Je bent gek!' riep ik uit.

Ze ging naar de keuken en nam twee biertjes uit de koelkast. Ik hou niet van bier, maar wilde niet kinderachtig zijn.

''t Was een risico. Maar ja, op straat leven is ook niet alles, Suus. Ik heb hem wel eerst op het station ontmoet voor ik met hem mee naar huis ging.'

'Er hadden hier tien vrienden van hem kunnen zitten.'

Vlinder lachte. 'Ja mam.'

Ik grijnsde schaapachtig. Ik was inderdaad net mijn moeder. Over de hele lengte van het aanrechtblad zag ik vastgekoekte etensresten. Dat zou mijn moeder ook meteen zien. Mijn voetzolen kleefden aan de vloer. Ik waste mijn handen, maar toen ik de kraan dichtdraaide voelden mijn handen opnieuw vies. De kraan zelf was smerig.

Vlinder ging op het aanrecht zitten. Op een stapel kranten en folders. 'Ik kan mensen goed inschatten, weet je,' zei ze. 'Fred was geen engerd, dat zag ik meteen. Hij is taxichauffeur. Twee keer gescheiden. 't Is meer een beetje een loser.'

Ze lachte. Ze sprong van het aanrecht en trok een ansichtkaart onder een magneetje van de koelkast. 'Kijk.' Ik pakte de kaart aan. Het was een prent van een enorm kleurrijke tempel met vrouwen in sarong op de voorgrond.

'Van mijn vader en moeder,' zei ze. 'In Zuid-India zijn ze nu.'

Net toen ik de kaart om wilde draaien, griste Vlinder hem al weer uit mijn handen. 'Heb ik je al eens een foto van mijn ouders laten zien?' vroeg ze, terwijl ze met de kaart in haar handen naar de kamer liep.

'Nee,' riep ik haar achterna en ik dacht: Dat weet je best. Vlinder kwam terug met haar agenda, haalde er een foto uit en gaf hem aan mij. Ik keek naar de mensen die hun dochter Vlinder noemden en zelf weg vlogen. Ik nam het plaatje in me op. Haar vader, haar moeder en Vlinder in het midden zittend, op een beige bank. Alle drie breed lachend. De armen over elkaars schouders geslagen en de gezichten dicht bij elkaar. Ze zagen er mooi en gelukkig uit. Haar vader had donkere krullen, haar moeder halflang blond haar. Een mooi gezin.

'Gave ouders heb je,' zei ik. 'Cool zijn ze. Anders dan de mijne, hoor. Je lijkt trouwens op je moeder.'

'Ik heb een beetje van allebei.'

Ik keek naar het behang achter de bank. Crème met bruin. Nogal oubollig, vond ik.

'Die foto is zeker niet bij jullie thuis genomen?'

'Nee!' zei Vlinder met afschuw in haar stem. 'Bij die oom en tante bij wie ik woonde. M'n tante heeft deze foto gemaakt.'

'Heb je van hen ook een foto?' vroeg ik.

'Alsjeblieft niet,' zei Vlinder.

7

Vlinder stond in het midden van de grote zaal in 4U2B. Schouders naar achteren, borsten vooruit, haar gezicht geheven. Iedereen die haar wilde, moest in een kring om haar heen komen staan. Vlinder lachte, een brede lach vol verleiding. Ze was leuk en dat wist ze. Brutaal keek ze rond. Alle jongens verzamelden zich in een wijde cirkel rond haar. Als bijen om de koningin. Allemaal. Wacko natuurlijk en die jongen met wie ik geslowd had, maar ook Jesse. En Bling. Verdorie Blíng, dacht ik even, want Bling was toch een beetje van mij. Zo'n dertig jongens, zestig ogen, keken naar Vlinder. Hun ogen glinsterden. Hun blikken waren begerig. Hongerig. Vragend. Kies mij! Kies mij! Mij!
Vlinder moest kiezen. Met een uitgestrekte arm en wijsvinger draaide ze lachend om haar as, haar lichaam soepel als de danseres die ze was. 'Een, twee, drie, vier vijf, zes, zeven...' zong ze. Toen stond ze stil. Haar vinger wees. Niet naar Wacko, niet naar Bling, maar precies tussen hen in. Wacko en Bling keken even naar elkaar. Keken toen achterom. Naar mij. Vlin wees naar mij. Die buiten de kring stond. Ze wil mij, dacht ik en opende mijn ogen.
Wat een idiote droom, dacht ik verward.

'Tot morgen,' zei ik tegen mijn moeder en liep naar de tuindeur.
Ze trok een zorgelijk gezicht. Gelukkig was mijn vader in de winkel.
'Ja mam,' zei ik. 'Je moet je kind loslaten. Daar ontkom je niet aan.'

Mijn moeder schoot in de lach. 'Ja,' zei ze. 'Maar dat is niet makkelijk, hoor.'

'Je moet gewoon vertrouwen in me hebben.' Dat had ik van Vlinder geleerd.

'Er is een nieuwe fase aangebroken, hè?'

'Precies.'

Vlinder wilde die avond naar een grote discotheek in de stad, maar omdat ik nog geen zestien was, kon dat niet. We bleven in 4U2B.

'Je hebt een valse identiteitskaart nodig,' zei Vlinder. 'Ik zal kijken of ik wat voor je kan regelen.'

Van mij hoefde dat niet. Ik had het nog altijd erg naar mijn zin in 4U2B. Als Vlinder en ik binnenkwamen, werd er naar ons gekeken. Iedereen kende ons. Dit was precies waar ik van gedroomd had. Ik genoot ervan dat Vlinder en ik een eigen positie hadden. Ik wist best dat ik dat alleen aan Vlinders wilde uitstraling en haar danskunst te danken had, maar toch voelde ik me ver verheven boven de groepjes schoolmeisjes die in 4U2B kwamen. Dat was een lekker gevoel.

Vlinder droeg een laag rokje dat zo kort was dat het meer een brede riem leek. Daarboven had ze een hemdje aan met een diepe V-hals.

Gek was dat. Alle jongens droegen oversized kleding die hun lichaam verhulde. Je zag niets van hun vormen. Het kruis van hun broek hing soms ergens tussen hun knieën. Maar alle meiden - op de gothics na - droegen juist sexy kleren, korte truitjes, lage heupbroeken of rokjes die zo veel mogelijk zichtbaar lieten.

Steeds werd mijn blik naar Vlinders borsten getrokken. Naar de perfecte welving van haar gladde huid. Ik wilde er niet naar kijken, maar ik kon het gewoon niet laten. Haar tepels waren zichtbaar door de stof van haar shirt. Ik zag Wacko er ook stiekem naar gluren. Viezerik, dacht ik. Ik was een meisje. Dat ík keek was anders.

Terwijl Vlinder lachend met Wacko praatte, kroop haar hand in haar shirtje en ging zacht krabbend over een ontblote schouder. Ik vond dat die schouder wel erg lang jeukte.

'Ik vind hem leuk, die Wacko,' zei Vlinder toen ze weer naast me zat.

'O, was dat het,' zei ik. 'Heb je hem trouwens wel eens horen lachen? Heel hoog. Net een meisje. Zo. Hi hi hi,' giechelde ik overdreven.

Vlinder lachte weer. 'Weet je hoe jij lacht? Hè, hè, hè,' deed ze.

En toen deed ik Wacko weer na. Tot we in een deuk lagen en ik weer 'hè, hè, hè,' lachte en Vlinder haar eigen schaterende lach liet horen.

Wacko kwam naast Vlinder zitten. Toen ik even later opzij keek, zag ik hen zoenen. Maar het was zo weer afgelopen, even snel als het begonnen was. Vlinder had een goede plaat gehoord en was opgesprongen. Ze danste en Wacko keek. Ook andere vriendjes van Bling waren meteen weer van de partij. Ik, of welk ander meisje ook, had dat effect niet, maar Vlinder was gewoon te opwindend voor hen. Ze konden niet anders dan idioot doen. Het kon Vlinder niets schelen. Ze vond het juist wel leuk. Hoewel Bling ooit begonnen was met obscene bewegingen, bleef hij nu, bijna als enige, altijd cool. Dat vond ik fijn. Misschien was het wel, dacht ik, omdat Vlinder mijn vriendin was. Hij bekeek het geamuseerd, grijnsde naar mij en ik grijnsde terug.

Toen het nummer afgelopen was, kwam Vlinder weer

naar mij. 'Wil jij niet dansen?' riep ze keihard. Ik zat met opgetrokken knieën op de houten bank aan de zijkant. 'Of heb je buikpijn? Ben je ongesteld?'

'Nee! Hou je kop!'

Ik had helemaal geen buikpijn. En ik was niet ongesteld. Waarom moest ze zo gillen? Zelfs Bling keek.

Vlinder lachte. 'Niks om je voor te schamen.'

'Ik bén niet ongesteld.'

Ze gaf een klap op mijn knie. 'Als jongens ongesteld zouden zijn, zouden ze erover opscheppen wie het meest bloed verliest. Vast.'

'Je bent gek. Zeker ongesteld. Ikke niet.'

Vlinder lachte. Keek op en lachte naar Wacko. En naar Killah. En toen ging ze weer dansen.

'Weet je waar ik zin in heb?' vroeg ze tegen sluitingstijd. Ze wachtte mijn antwoord niet af. 'Zwemmen! Er is hier toch ergens een strandje?'

Ik haalde mijn neus op. 'Er is een waterplas met een rand opgespoten bouwgrond en dat noemen ze een strandje. Stelt niks voor.'

'Geeft niet,' zei Vlinder. 'Laten we erheen gaan. Lachen.'

''t Is koud.'

'Kom op.' Ze trok aan mijn arm en zwaaide naar Wacko. 'Doei!'

'Ik wil met je mee!' riep hij.

'Morgen!'

We reden langs de rand van de duistere stad over een eenzaam en onverlicht fietspad en ik zag voor me hoe we in het kille water zouden pootje baden.

Een kwartier later waren we er. Vlinder liet haar fiets ('Van Fred') tegen een boom vallen en rende met een opgetogen gezicht over het lege strand naar de waterkant.

Het was goed dat we gegaan waren. Na de rokerige druk-te in 4U2B was het prachtig om het glanzende wateroppervlak en de wijde horizon te zien. Nog een paar weken en dan zou het hier elke dag propvol met mensen zijn. Roepende moeders, kinderen met schepjes en ijsjes, felgekleurde luchtbedden, schreeuwerige jongens. Maar in deze juninacht was het hier verlaten en alleen van ons.

We gooiden onze jassen op het zand. Ik bukte mij om mijn sportschoenen uit te doen en mijn broekspijpen omhoog te rollen. Toen ik overeind kwam, zag ik dat Vlinder haar shirt en bh al uit had en nu haar broek en slip in één beweging naar beneden trok.

'Wil je er helemaal in?' vroeg ik verbaasd. Ik rilde.

Vlinder stond nu naakt voor me en keek me enthousiast aan. Ze lachte. 'Ja!'

Voorzichtig liep ze van me weg over het kiezelige strand. De maan verlichtte haar ronde witte billen. Ze was slank, maar toch was alles rond aan haar. Ik vond haar mooi. Ik vond haar geweldig. Alles. Was het niet raar om een ander meisje zo leuk te vinden?

Terwijl ze een eerste stap in het water deed, draaide ze zich om: 'Kom ook, Susie!'

Heel even twijfelde ik. Ik vroeg me af of we echt helemaal alleen waren, maar die gedachte liet ik los. Ik wilde niet aan de kant staan. Ik wilde meedoen. Zo snel ik kon trok ik mijn kleren uit.

Terwijl ik bibberend het water inliep, dook Vlinder een eindje verderop als een dolfijn in het meer. Haar billen wipten op en toen verdween ze een paar seconden onder het wateroppervlak. Proestend kwam ze weer boven en schudde haar dreads uit.

'Kom erin, Susie! Gewoon doen!'

Daar ging ik. Ik sprong, gaf een gil en maakte een duik als een tweede dolfijntje. Het water gleed koud en zwart om mij heen. Ik zwom een rondje om Vlinders benen en kwam vlak voor haar boven. Toen stonden we tegenover elkaar. Het water reikte tot net onder onze navels. We waren alleen in een donkere wereld. Ik voelde dat Vlin naar me keek. Ik besloot dat het me niet kon schelen. Al was ik dan een magere sliert en wilde ik dat ik er minder uitzag als een kind, als een jongen. Meer zoals zij. Ik keek naar het strandje in de verte waar onze kleren lagen, en naar de snelweg daarachter waar heel af en toe een auto voorbij suisde. Geen moment voelde ik angst. De wereld was zoals ie moest zijn.

'Jij hebt helemaal geen heupen,' zei Vlinder ineens.

'Jawel hoor.' Ik plaatste een hand in mijn middel en duwde mijn zij een beetje naar voren

'Modellen hebben ook nooit heupen,' zei ze.'Weet je dat jij echt een modellenfiguur hebt?'

'Ik! Ja hoor! Helemaal!' Ik lachte haar vierkant uit, maar tegelijk sloeg ik haar woorden op in mijn hoofd.

Toen begonnen we allebei met onze handen in het water te kletsen alsof we de stilte moesten verdrijven. We maaiden met onze handen door het gladde wateroppervlak en draaiden om onze as.

Toen we het ondanks al die bewegingen te koud kregen, renden we het water uit. Mijn lichaam had een raar blauwige kleur gekregen. Bevend en klappertandend trokken we onze kleren aan over onze natte lijven. Mijn zanderige voeten knarsten ruw in mijn schoenen.

Zo snel we konden, raceten we terug. De wind was guur en onze kleren plakten nat en ijzig. Vlinder kon hard fietsen, maar ik ook. Toch leek de weg terug twee keer zo lang. Tot op het bot verkleumd bereikten we de flat.

In het halletje wees Vlinder op de grote mannenschoenen onder de kapstok. Ze legde haar vinger op haar lippen: 'Fred is thuis.'

De slaapkamerdeur stond op een kier. Ik hoorde een zware ademhaling. Vlinder wierp een blik naar binnen en deed geruisloos de deur dicht. 'Mooi,' fluisterde ze. 'Die is diep in slaap. Douchen!'

Onder de hete douche voelde ik mijn bloed weer stromen. Ik genoot van de tintelingen op mijn huid. Ik weet niet hoe lang ik er al onder stond, toen opeens de deur open-ging. Ik verstijfde.

Vlinder giechelde. 'Ik ben het maar. Schuif eens op, klei-ne. Ik kan niet langer wachten, hoor. Veel te koud.'

'O sorry.'

Ik stapte opzij in de douchecel die eigenlijk te klein was voor twee personen.

'Zal ik je rug warm wrijven?' Zoals mijn moeder vroeger deed als ik het heel erg koud had, streek ik hard over Vlinders rug, van haar hals tot haar billen, tot ze stopte met bibberen. Toen ging ik de douchecel uit. Droogde me af, sloeg de handdoek om mij heen en spreidde onze voch-tige kleren uit over de leren bank.

Even later kwam Vlinder de woonkamer binnen. Ze had een onderbroek en hemdje aangetrokken en een hand-doek om haar hoofd geknoopt. Ze maaide alle spulletjes van haar slaapzak. 'Ga jij hier maar, dan kruip ik naast Fred.'

'Nee joh!' reageerde ik onthutst.

'Fred heeft een tweepersoonsbed,' zei Vlinder luchtig.

'Ja, maar... straks denkt ie dat je met hem wil vrijen. Ik bedoel...' Ik schrok van het idee. 'Of doe je dat ook?!'

'Ik heb wel vaker naast hem gelegen. Het enige probleem is dat ie soms snurkt,' antwoordde Vlinder.

'O.'

Vlinder was al bij de deur.

'Oké dan.' Ik vond het een rotidee, maar ik wist er niets meer tegen in te brengen en kroop in de slaapzak. Vlinder knipte het licht uit.

8.

Er klonk getik ver weg. Het stonk naar sigarettenrook. Hé, dacht ik, ik lig in een vreemd bed. Ik droomde dat ik midden in 4U2B op de grond lag te slapen. Toen werd ik wakker.

Ik deed mijn ogen open.

'Dag meissie,' klonk een mannenstem. 'Wil je ook een kopje thee?'

Ik schrok me lam. Achter de computer zat een man met dun vlassig blond haar en een mager gezicht. Dit was dus Fred. Hij droeg een vaal overhemd. Alles aan hem was vaal. Hij paste precies bij deze flat.

Ik knikte en verdween tot mijn neus onder de slaapzak. Fred ging naar de keuken. Zodra hij weg was, glipte ik uit de slaapzak, sloeg die om mij heen voor het geval Fred toch weer binnen zou komen en haastte mij naar de bank waar mijn kleren lagen. En toen struikelde ik over een punt van de slaapzak. Knalhard viel ik op de grond.

'Niets aan de hand, hoor!' riep ik snel om te voorkomen dat Fred zou willen kijken wat er gebeurde. Van paniek schoot mijn stem de hoogte in. Ik griste mijn kleren bij elkaar en binnen een halve minuut zat ik aangekleed op de bank.

Ik was blij dat Vlinder door mijn val gewekt was. Met een bleek slaperig gezicht kwam ze de kamer binnen. In haar witte hemdje en roze onderbroek.

Fred zette twee kopjes dampende thee voor ons neer.

'Dit is Susanne,' zei Vlinder geeuwend. Opgerold als een diertje zat ze naast me op de bank. Ik sprong op en gaf Fred een hand. Vlinder moest om mij lachen. Fred bekeek me.

Ik voelde me vreselijk klein.

'En jij?' vroeg Fred. 'Woon jij ook niet meer bij jouw familie?'

'Jawel hoor,' zei ik.

'O, dan is het goed,' zei Fred. 'Meisjes horen thuis te wonen. Vlinder hier is veel te vrij.'

Vlinder haalde schamper haar schouders op.

'Ja, best gezellig hoor, zo'n grietje in huis,' kletste Fred verder. 'Maar als ze niet wat meer leert aannemen van volwassenen loopt het overal spaak.'

'Zeg, hou eens op,' zei Vlinder. 'Ik neem genoeg aan.' Daar moest ze hard om lachen.

Opeens viel mijn blik op mijn horloge. Twaalf uur!

Even later zat ik op mijn fiets.

Op tafel lag een briefje.

'Ha Suus. Leuk gehad? Pappa en ik zijn allebei in de winkel omdat er zieken zijn. Daan is bij oma. Kom jij om vijf uur werken? Bel even als je thuis bent! Kus, mamma.'

Ik liet het briefje terug op tafel vallen, pakte de telefoon en sjokte naar boven. Had ik me daar zo voor gehaast. Ik ging achter mijn bureau zitten en belde naar de winkel.

Daarna besloot ik huiswerk te doen. Sinds ik met Vlinder optrok, had ik erg weinig uitgevoerd. Gelukkig was het de laatste periode en stond ik er goed voor. Ik had uitgerekend dat als ik in de laatste proefwerkweek alleen vieren zou halen, ik nog steeds over zou gaan. Vieren... dat moest lukken.

Ik was nooit zo onverschillig geweest. Ik had altijd mijn best gedaan. Maar nu wist ik het niet meer zo goed. Aan de ene kant vond ik school belangrijk want ik wilde later op kamers en studeren in Amsterdam. Aan de andere kant was ik het met Vlinder eens: je leerde toch alleen maar onzin op school? Niet waar het in het leven om ging. School had niets te maken met het echte leven. Maar hoe het echte leven was, wist ik ook niet.

Ik sloeg mijn natuurkundeboek open. Zwaartekracht, veerkracht, lineair verband, recht evenredig verband... Mijn blik gleed weg van de woorden die me deden duizelen. Ik keek uit het raam naar de grijze dakpannen van Gita's huis en dacht aan Vlinder. Als ik ging staan kon ik vanuit mijn dakkapelraam binnenkijken in Gita's kamer op de eerste verdieping. Ik stelde me voor dat Vlinder daar aan de overkant zou wonen. Dat ik háár zou kunnen zien. Ik dacht aan haar ronde lichte ogen die soms blauw, soms grijs leken. Haar brede lach. Aan hoe mooi ze bewoog. Hoe ze haar billen kon schudden. Ik dacht aan haar blote lichaam dat ik gezien had. Haar gladde rug die ik warm gewreven had. Toen klapte ik mijn schoolboek dicht. Genoeg. Op mijn huiswerk kon ik mij niet concentreren en ik wilde toch zeker niet aan Vlinders lijf denken! Ik was toch niet verliefd? Op een meisje?! Echt niet!

Ik zette mijn computer aan en startte msn. Het was er druk. Ook Bling en een paar van zijn vriendjes waren erop. Leuk.

Meteen flitste een bericht van Bling (I'm the man) op mijn scherm: Eeeeejjj! Sicky! Alles cool?

Ja en met jou, Blinkieboy? tikte ik terug.

Beetje gammel. Ga je vanaf naar 4U2B?

Neej. Moet werken :(Doekoe nodig.

Kom je daarna tog?

Ik genoot. Ik had een vriendin - vliNdAH op msn, de wildste meid uit 4U2B - en ik had aandacht van Bling, de coolste gast uit 4U2B. Het ging goed met mij. Beter dan ooit.

9

Op een woensdagmiddag had Vlinder een geweldig plan. Het was mooi weer en we liepen naar mijn oma. Ik wilde Vlinder meenemen naar oma omdat mijn ouders af en toe behoorlijk zeurden. Ze stelden irritante vragen over Vlinder waar ik het precieze antwoord nooit op wist.

'Het klopt niet,' zeiden ze dan. Maar ze konden zich gewoon niet voorstellen dat er mensen als Vlinder bestonden. Mensen die deden wat ze zelf wilden!

Ik hoopte dat het zou helpen als mijn oma Vlinder zou zien. Oma was makkelijker, oma vond bijna alles goed van mij.

'Je hebt toch niks te doen,' zei ik tegen Vlinder, die eerst geen zin had.

'Ik doe genoeg,' antwoordde ze.

'Wat doe je dan de hele dag?'

'Beetje chillen. Chatten. Msn'en. Uitzoeken hoe ik in Amerika in clips kan gaan dansen, maar daar moet je geloof ik achttien voor zijn. Plannetjes maken. Want weet je…' Ze klonk ineens enthousiast: 'Weet je wat ik wil?'

'Wacht even!' Aan de overkant van de straat zag ik een groepje mensen van het veldje. Gita, Meike, Laurens en nog een paar. Ik wilde dat ze mij zagen. Dat ze mij met Vlinder zagen.

'Even oversteken.' Vlinder wist toch niet welke kant we op moesten.

'Hé hoi!' Ik zwaaide. Alle ogen werden groot. Nekken verdraaiden zich. Ik was tevreden. Allemaal wisten ze nu bij wat voor gave griet ik hoorde en dat ík ook heel anders was dan zij. 'Die zitten in mijn klas,' zei ik tegen Vlinder toen het groepje voorbij was. Ik voelde hun blikken in mijn rug.

Vlinder knikte vaag. 'Luister eindelijk eens. Ik heb een plan gemaakt. Weet je wat ik wil?'

'Nou?'

'Ik wil weg! Met jou! Laten we deze zomer gaan reizen!'

Mijn hart maakte een sprongetje. Op vakantie met Vlinder!

'Ja! Leuk!' riep ik meteen. 'Wat zullen we doen?'

'Ik wil naar het zuiden. Zuid-Frankrijk, Spanje, misschien Ibiza.'

'Met de bus?'

'Nee joh. Liften. Dat kost geen geld. Kunnen we de hele zomer wegblijven. Of nog langer!' Vlinder lachte uitgelaten. 'Onderweg kunnen we werken. In Zuid-Frankrijk kan je druiven plukken of werk zoeken op een camping. Er is altijd wel wat te doen.'

'Ja, denk je?'

'Zeker weten.'

'Lijkt me geweldig!' In gedachten zag ik ons langs een zoevende snelweg staan. 'Is het niet gevaarlijk om te liften?'

Vlinder schudde haar hoofd. 'Niet als je met z'n tweeën bent. Je moet op bepaalde dingen letten. Dat je bijvoorbeeld allebei tegelijk instapt. Dat zo'n vent er niet met één van ons vandoor kan gaan.'

'O ja. Natuurlijk.' Vlinder wist dingen waar ik nog nooit bij stilgestaan had.

Toen dacht ik aan mijn vader en moeder. Die het al eng vonden als ik 's nachts door ons gehucht fietste.

'Ik mag nooit van mijn ouders...'

'Hoor eens, wie z'n leven is het nou?'

'Ja, maar...'

'Je kunt het ook gewoon dóen. Een briefje achterlaten. Ze één keer in de week op mijn mobieltje opbellen zodat ze zich geen zorgen hoeven te maken.'

'Waarom op jouw mobieltje?'

'Fred heeft de mijne verkocht. Ik heb een andere. Nu ben ik niet meer te traceren. En jij dus ook niet.'

O. Ik zei niets.

'Je hoeft niet eens te wachten tot het vakantie is,' ging Vlinder door. 'Zodra je je laatste proefwerk gedaan hebt, kunnen we gaan.'

'Dat is al over drie weken!' schrok ik.

'Te gek toch?! Zullen we 1 juli vertrekken? Wat voor dag is dat?'

Ik gaf geen antwoord. Ik dacht aan het schoolfeest dat ik zou missen. Dat was half juli en het zou geweldig worden. Maar deed dat er nog toe? Wat had ik met die mensen van school? Eigenlijk niets. Mijn vriendschap met Vlinder was veel belangrijker. Over drie weken zouden we al kunnen vertrekken... Ja, waarom niet? dacht ik. Waarom zou ik níet weggaan? Mijn eigen leven leiden? Toen dacht ik weer aan mijn vader en moeder. We zouden dit jaar niet op vakantie gaan omdat mijn vader bezig was met een nieuwe winkel. Maar zou ik écht zoiets durven doen terwijl ik niet mocht?

'Of wil je het niet?'

'Natuurlijk wel!' riep ik uit. 'Het lijkt me geweldig! Maar...'

'Maar wát?!' Vlinder klonk dwingend.

'Ik... weet ik veel! Ik moet aan het idee wennen dat ik zomaar weg zou gaan!'

Vlinder sloeg een arm om mijn schouders.

'Dit, kleine gup, zijn de beslissingen in een mensenleven

die bewijzen of je een bange schijterd bent of niet.'

Ik grijnsde en gaf haar een duw. 'Je loopt verkeerd, Vlinnie. Hier is het.'

We liepen achterom langs de openstaande schuur en gingen via de keuken naar binnen.

Oma en ik kletsten over de winkels en over school. Vlinder zat op het puntje van de bank alsof ze er zo weer vandoor kon gaan. Ze zei aanvankelijk weinig tot oma vroeg naar welke school zij ging.

'Het VMBO,' mompelde Vlinder. Ze keek naar buiten.

'Susanne heeft nog geen idee wat ze wil worden. Jij wel?'

Op slag veranderde Vlinder. Ze knikte gretig. Ze keek oma aan en vertelde dat ze videodanseres - 'hiphophoney' noemde ze het - ging worden in Hollywood en dat ze geld wilde sparen voor de reis erheen.

'Ze wil in clips dansen, zoals op MTV,' legde ik uit.

'Die blote meisjes? Die er allemaal uitzien als… als…'

'Sletten?' hielp ik.

'Wat is dát nou voor woord. Ik bedoel…'

'Hoeren?'

Vlinder proestte.

'Hou op, Suus! Ik bedoel dat het niet echt beschaafd is. Dát bedoel ik. Die meiden staan te dansen in een krappe bikini!'

Vlinder en ik lagen in een deuk.

'Nou ja,' zei oma. 'Ik zal me maar niet druk maken. Maar zoiets was er in mijn tijd niet bij.'

'De tijden zijn veranderd,' zei Vlinder.

Oma hield ons de schaal met bastogne- en jodenkoeken voor. Vlinder nam haar derde koek.

'Zo, dat gaat er wel in,' zei oma.

'Daarom word ik geen balletdanseres,' zei Vlinder grinnikend tegen mij. 'Dan moet je graatmager zijn. Zoals jij.'

'Hollywood...' zei oma peinzend. 'Wat vinden je ouders daar eigenlijk van?'

'Zij steunen me,' antwoordde Vlinder. 'Ze vinden het belangrijk dat ik doe wat ik werkelijk wil. Dat ik mijn leven niet vergooi aan dingen waar ik niets om geef.'

Ze pulkte tussen haar kiezen. Er zat een stuk koek aan de binnenkant.

Oma schudde haar hoofd. 'Gelukkig wil jij dat niet,' zei ze tegen mij. 'Dat zou mamma helemaal niets vinden.'

'Pff,' zei ik zacht. Mamma, pappa, oma, ze gingen er allemaal maar vanuit dat ík niets geks zou doen. Maar misschien ging ik later ook wel naar Amerika. Niet om te dansen, maar er was vast nog wel meer te doen.

'Had ik je dat verteld?' Vlinder trok aan mijn arm. 'Ik kreeg gisteren een kaart van ze uit Nepal. Ze hebben een enorme tocht door de bergen gemaakt. En hierna vliegen ze naar Bali omdat het daar wat koeler is.'

'Zijn je ouders op reis?' vroeg mijn oma.

'Ja,' zei Vlinder. 'Ze zijn een maandje op vakantie.'

Toen oma zich naar haar kop thee boog, gaf Vlinder mij een snelle knipoog. 'Ik ben heel trots op ze, hoor,' vervolgde ze tegen oma. 'Dat ze dat soort dingen doen. Ze maken echt wat van hun leven.'

Vlinders mobiel ging over. Het was een 'nieuwe'.

'Wat een koelkast!' riep ik. 'Modelletje uit de tijd van Jezus!'

Vlinder grijnsde en nam op. 'Fred,' zei ze toen. 'Vraagt of ik zin heb met hem een pizza te eten.'

Vlinder sloeg nooit iets af. Ze kwam overeind en gaf oma netjes een hand. Terwijl ze voor oma stond, veegde ik snel haar koekkruimels van de bank.

Ik keek mijn vriendin na toen ze de straat uitliep. Ze keek niet om. Ik verwachtte dat oma iets over haar zou zeggen. 'Wat een lief kind,' had ze gezegd toen ik Gita een keer had meegenomen. En ook over andere vriendinnen had ze altijd iets aardigs gezegd, maar nu bleef het stil.

Pas toen ik naar huis ging, zei ze: 'Je hebt veel bewondering voor dat meisje, hè?'

'Hoezo?' Mijn stem klonk scherp. Te scherp. Omdat ik onraad rook.

'O, dat dacht ik maar,' probeerde oma luchtig te doen.

Toen ik terug naar huis ging, bedacht ik dat oma natuurlijk gelijk had. Ik stikte van bewondering voor Vlinder. Maar daar was toch niets mis mee? Dat was juist mooi! Het was gelukkig geen verliefdheid. Het was bewondering.

Dat wist ik ineens heel zeker.

10

Over twee weken zouden we vertrekken.

We spraken af dat we het tegen níemand zouden zeggen. 'Want,' zei Vlinder, 'geheimen komen vroeg of laat altijd uit, tenzij je er tegen íedereen over zwijgt.'

Op de computer van Fred maakten we een lijst van de dingen die we mee wilden nemen. Volgende week zou ik steeds wat spulletjes naar Vlinder smokkelen zodat ik ongemerkt kon verdwijnen. De oude rugzak van mijn vader en mijn eigen koepeltentje lagen al bij haar. Op een middag toen mijn ouders niet thuis waren, had ik die van de vliering gegraaid en naar Vlinder gebracht.

Als echte avonturiers zouden we reizen. We zouden kunnen doen wat we wilden. Stoere zwervers. Powergirls. We hadden natuurlijk wel geld nodig. Doekoe, zoals ik dat tegenwoordig noemde. Op mijn bankrekening stond gelukkig aardig wat. Hoe het precies met Vlinders geld zat, begreep ik niet goed. Meestal had ze niets en daarom nam ik af en toe wat boodschappen uit onze winkel voor haar mee. Mijn ouders hadden dat niet door. Blijkbaar werd er altijd wel wat gestolen. Ik zag het trouwens als helpen, niet als stelen, ook al deed ik het stiekem. Met een paar dingen die niet eens duur waren - een pak melk, pannenkoekenmeel en een fles stroop, Vlinder was een zoetekauw - kon ze dagen vooruit. De ene dag had ze geen cent maar de andere dag kon ze ineens vijftig euro op zak hebben. Had ze plotseling toch weer wat gekregen van haar ouders of haar oom en tante en dan trakteerde ze. Broodjes shoarma. Pizza. Een dvd'tje. Wat ik maar wilde. Ze was gul en het geld moest altijd meteen op.

Toen Bling en zijn vriendjes in de buurt waren, trakteerde ze hen ook.

'Dat moet je niet doen,' fluisterde ik achter mijn hand. 'We moeten sparen.'

'Morgen weer,' zei Vlinder luchtig. 'Geld moet rollen en bovendien vind ik ze wel leuk, die Suri's.'

'Anti's.'

'Whatever.'

Op een dag zei Vlinder: 'Laten we, voor we vertrekken, een keer cocaïne of XTC of paddo's proberen. Fred kan wel iets voor ons regelen. In het buitenland kunnen we er vast veel moeilijker aan komen.'

Geschrokken keek ik haar aan.

'Ik wil alles meemaken in mijn leven,' verklaarde Vlinder.

'Nee,' zei ik. 'Nee hoor. Echt niet.' Ik keek haar strak aan. Ik zou niet toegeven. Ze moest niet denken dat ik álles deed wat zij wilde.

Opeens begon ze te lachen. 'Geintje!' riep ze. 'Dat wilde ik natuurlijk niet echt! Wat dacht je!'

Elke nacht droomde ik van onze reis. Ik zag ons in de berm van een razende snelweg, onze rugzakken in het gras. De zon scheen. Ik droeg een kort rokje en een hemdje, net als Vlinder. Onze armen en benen waren bruin van de zon, maar ik was het bruinste. Het duurde nooit lang voor er een auto stopte. Een glimmende BMW, met een leuke jongen achter het stuur. We gooiden onze rugzakken in de kofferbak en zakten onderuit op de ruime leren achterbank. Terwijl muziek uit de boxen tetterde, zagen we het landschap aan ons voorbij zoeven. Parijs, Lyon, de wereld lag aan onze voeten.

Maar vaak was ik zenuwachtig en bang. Moest ik wel gaan?

'Ik heb die vriendin van je aangenomen,' zei mijn vader de volgende avond tijdens het eten.

'Yes!' riep ik blij.

Natuurlijk had ik meteen aan Vlinder gedacht toen mijn moeder zei dat er een weekendhulp nodig was in de winkel. Vlinder reageerde weinig enthousiast, maar ze had geen cent meer. Ik zei haar dat mijn ouders best aardig waren en dat die winkel wel meeviel, ik werkte er toch ook? Het was bovendien maar voor twee weekenden! Dan vertrokken we! Vlinder ging overstag.

'Nee sorry,' herstelde mijn vader zijn vergissing. 'Niet die rastameid, maar Gita. Dat is toch ook een vriendin van je?'

'Gita? Gita?!' spuwde ik. 'Helemaal niet! Waarom Vlinder niet?!'

Mijn vader keek even hulpzoekend naar mijn moeder.

'Ze zag er niet bepaald representatief uit, Suus. Dat haar. En inkijk tot 'r navel.'

Daan begon te giechelen.

'Doe niet zo ouderwets! Repres... tatief,' hakkelde ik tot mijn ergernis. 'Wat een onzin!'

Daan bleef maar lachen. Ik gaf hem een schop onder tafel.

'Au! Mam!' De verontwaardiging spatte van zijn gezicht.

'Doe eens rustig,' zei mijn moeder. Dat zei ze niet tegen Daan, maar tegen míj. Daan mocht irritant doen.

Zodra mijn moeder mij berispt had, kon hij weer lachen. Pestjoch. 'Sukkie's vriendin heeft roze haren,' grinnikte hij.

'Sorry, Suus,' zei mijn vader. 'Ik vond Gita een betere keus.'

'Ik vind het geméén van je! Echt oneerlijk!'

Mijn moeder zuchtte. 'Hou eens op met dat kinderachtige gedoe.'

'Ze kan folders rondbrengen,' zei mijn vader. 'Ze kan zaterdagochtend helpen de winkel te bevoorraden. Dat heb ik haar gezegd. Maar daar voelde mevrouw zich te goed voor.'

Ik voelde tranen van teleurstelling. Ik had gehoopt dat mijn vader zou zien wat voor gave meid ze was. Dán had ik het leuk gevonden om haar mee naar huis te nemen. Nu was ze alleen een keer mee geweest toen ik heel zeker wist dat allebei mijn ouders in de winkel waren. Alleen Daan was thuis geweest met een vriendje. Hij had zijn ogen niet van haar af kunnen houden.

Ook mijn vader beoordeelde Vlinder op haar haren en haar kleding. Mijn ouders waren afschuwelijk ouderwets. Mijn moeder vooral. Zonder Vlinder ooit gezien te hebben, was ze het met mijn vader eens. Ze dacht niet eens zelf na.

'Mag ik van tafel?'

Ik was mijn ouders met hun vooringenomen ideeën verschrikkelijk zat. Opeens wist ik zeker dat ik met Vlinder weg zou gaan. Ik ging míjn leven leiden. Het was hun eigen schuld.

Terwijl mijn ouders dachten dat ik achter de computer een werkstuk aan het maken was, msn'de ik erop los. Ik was bang dat Vlinder boos op mij zou zijn omdat mijn vader haar niet had aangenomen. Omslachtig begon ik erover, maar Vlinder maakte er niet meer dan één woord aan vuil.

Boeien.

Weet je waar ik zin in heb... ging ze verder.

Potje neuken zeker, tikte ik knorrig terug.

Haha, nee even niet, zin in een feestje. ;) Laten wij een afscheidsfeest geven!

O ja, nu pas las ik haar naam: Hiphophoney wants to party party.
Fijn voor haar, maar daar stond mijn hoofd niet naar.

Ik ben vet chagrijnig, tikte ik.

Suusje! Vlinder spatte van het scherm. Het leven is niet leuk.
En niemand gaat het leuk voor je maken. Jíj moet het doen! Je moet
genieten van het leven! Tegen de klippen op! Tegen de stroming in!
Wat iedereen ook zegt! Hé! Straks zijn we weg! Feessie?

Ik begon te twijfelen.

Fred werkt volgend weekend 's nachts. Dus van hem hebben we
geen last.

Wie wil je vragen dan.

Bling, Killah en die andere Suri's. Lachen joh.

Please... please... ging Hiphophoney wants to party party'
door. Ik vind Killah leuk.

Killah? Ik dacht Wacko? tikte ik.

Verleden tijd. Nu Killah. Ik wil nog even verliefd worden. Versieren.
Feesten. En dan vertrekken. Kom op, Suus!

Is Killah verliefd op jou?

Jongens zijn niet verliefd. Jongens zijn alleen maar geil.

Ja hoor, dat was echt weer Vlinder.

Opeens kreeg ik er toch wel zin in. Vlinder en ik spraken
af dat we volgende week vrijdag, op 25 juni, bij haar een
feest zouden geven. Een afscheidsfeest, maar dát zou niemand weten. Ik zag dat Bling - 'I'm your man, your sexy
man' heette hij vandaag - online was.

Ik nodigde Bling uit.

I'm your man, your sexy man: Heeej en wat gaan we dan
doen.

Chikkie Sicky: Wat wil je.

I'm your man, your sexy man: Wat denk je :)

Chikkie Sicky: Zuipen, blowen?

I'm your man, your sexy man: Hmm. Mijn interesses gaan verder. Verder en dieper…
Het ging weer helemaal lekker tussen Bling en mij.

11.

Bijna dagelijks msn'de ik met Bling. Op msn durfde ik veel meer dan in het dagelijks leven. Bling ook. 'Hé Sicky' werd 'Hé schatje' werd 'Hé lekker meisje' werd 'You're my bitch'.

We leken niet te kunnen chatten zonder dubbelzinnige opmerkingen. Bling daagde me uit en ik ging erop in. Hij keek hoever hij kon gaan en ik wilde me niet laten kennen.

Met een bonkend hart zat ik soms achter de computer. Af en toe liet ik Vlinder wat lezen. Vlinder vond het allemaal reuze lollig.

Als ik Bling in 4U2B zag, lachte hij altijd veelbetekenend naar me. Alleen al het kijken in zijn fluweelzachte ogen maakte mij helemaal week. Mijn benen werden slap, mijn mond droog en mijn ademhaling versnelde zich.

Maar we spraken nauwelijks met elkaar. Het waren twee gescheiden werelden: op msn en in het echt. Soms twijfelde ik bijna of alles wel écht gezegd was op msn. Maar dan ineens - als ik langs hem liep of hij langs mij - voelde ik hem. Voelde ik zijn arm die zogenaamd toevallig langs mij gleed. Of zijn hand die langs mijn billen streek. Toen ik een keer iets wilde bestellen bij de bar en het druk was, voelde ik hem achter mij. Tegen mij aan. Zijn heupen tegen mijn billen. 'Hé Sicky,' fluisterde hij. Hij likte in mijn oor. Snel en kort. Ik duizelde. De lucht zinderde. Het benam me de adem. Ik had het idee dat de spanning tussen ons van meters afstand voelbaar was, maar geen van Blings vriendjes leek ervan te weten. Dat vond ik des te leuker. Het maakte het nog spannender. En er was niemand die het magnetische veld tussen ons verstoorde.

Soms had ik de indruk dat Jesse Bling en mij gadesloeg. Maar zodra ik naar hem terugkeek, lachte hij en kwam naar me toe om een praatje te maken. Aardig als altijd.

Die maandag kwam ik Bling tegen in het winkelcentrum. Hij kwam een supermarkt uit. Ik schrok. Nog nooit had ik hem zonder Vlinder ontmoet of zonder zijn vrienden of zonder een beeldscherm. Ik overwoog om een boetiek in te schieten, maar hij had mij al gezien. 'Wees niet zo'n schijtlaars!' schold ik mezelf uit terwijl ik Bling langzaam naderde. Mijn benen begonnen te trillen. Waarom was ik zo verlegen?! Waarom durfde ik alleen van alles als Vlinder erbij was of op msn! Ik voelde mijn hart bonzen, terwijl ik mijn best deed zo onverschillig mogelijk zijn kant op te slenteren.

'Hé schatje,' zei hij vrolijk zangerig. Ik wist niet waar ik kijken moest. Ik wist niets te zeggen. Ik werd rood en grijnsde en was er zeker van dat ik er verschrikkelijk dom uitzag.

Er verscheen een dikke zwarte vrouw uit de supermarkt achter Bling.

'Edmond!' schalde haar harde stem bijna echoënd over straat. 'Kom helpen met de boodschappen, ja!'

Edmond?! dacht ik. Edmond?!

Bling lachte even naar mij, net zo schaapachtig als ik, en toen draaide hij zich om: 'Ja, mam.'

Voor mijn ogen transformeerde de brede macho ster van 4U2B in een gewone lieve jongen die zijn moeder hielp. Ze duwde hem een doos vol boodschappen in handen. Ik hield mijn hand voor mijn mond. Edmond! Hahaha!

Na dat voorval was het een feest om op msn te zijn. Weer durfde ik meer. Bling daagde mij uit. Ik daagde hem uit.

We gingen verder en verder.

I'm your hot love loverboy: He lekkere chickie, ik wil jou zo graag eens pakken.

Chikkie Sicky: O ja en dan? - Ik tikte met ingehouden adem.

I'm your hot love loverboy: Jou fijn verwennen. Doe je cam eens aan!

Opeens stond mijn moeder achter me. 'Heb je even voor mij?' zong ze.

Snel flitste ik naar een ander programma. 'Waarom klop je niet?'

'Zat je soms op een sekssite?' vroeg ze zogenaamd grappig.

'Pff. Is dat het enige waar je aan denkt,' bromde ik.

'Ik niet, maar pubers denken toch aan weinig anders?'

'Wat wil je nou?'

'Ik heb je was op de trap gelegd, leg jij het zelf in de kast?'

'Jahaa. Mag ik nu weer terug naar mijn sekssite?'

Mamma lachte en vertrok.

Hmmm, tikte ik.

Ik liet Vlinder weer het een en ander lezen. Zo kleine! Jij durft! :) msn'de vliNdAH terug. Goed van je!

Door haar compliment voelde ik mij trots. En ik ging door.

Morgen... schatje, tikte Bling (I'm your hot love loverboy).

Morgen is het feest. Morgen gaat het gebeuren.

Op het feest? ;P, vroeg ik.

Op een erotisch plekje.

Ik las: I'm your hot love loverboy heeft zijn/haar naam gewijzigd in Morgen naar een erotisch plekje.

Daar hou ik je aan, tikte ik stoer terug.

Wel komen mop. Anders moet ik je vriendin pakken, heb toch liever jou. ;)

Geintje natuurlijk. P tikte ik terug.

Bling schreef: krijg ik een kusje op een erotisch plekje?

Chikkie Sicky: Whoehaha :) Meer wist ik even niet te zeggen.

Maar dit bleek maar het begin. 'Morgen naar een erotisch plekje' ging nog heel wat verder.

Vind je het erg als ik even aan m'n piemel trek?

Shit, dacht ik. P Nee hoor, tikte ik.

Doe je cam dan aan.

Zie 'r niet uit, man.

Jij bent altijd mooi. Toe!

Oké. Doe jij 'm dan ook aan?

Kan niet. Is stuk. Hm. Je bent lief. Laat eens wat zien.

Waaat.

Laat je borsten eens zien.

Waarom? :S

Omdat ik geil ben.

:) Andere keer.

Nu of morgen. Wat jij wilt, schatje.

Ik gaf niet direct antwoord, maar schakelde de webcam uit. In mij zeurde een stemmetje. 'Suus, waar ben je mee bezig. Je hebt nog geen eens gezoend met hem en je laat hem denken dat hij... dat jullie... morgen... Je kent hem nauwelijks. Waar ben je mee bezig, Suus.'

Het was alsof mijn moeder in mijn hoofd zat en steeds maar hetzelfde deuntje zong. 'Hou op,' zei ik terug. 'Het is míjn leven. Ik wil gewoon lol hebben. Ik ben geen klein kind meer.'

Ik sloot mijn ogen, gleed met mijn hand zacht langs mijn wang en stelde me voor dat het Bling was. Wat wilde die jongen mij graag! Mijn onderbuik trok samen. Alles voelde week. Ik streelde mijn borst, mijn buik en legde mijn hand tegen mijn kruis. Ik zuchtte, opende mijn ogen en zag twee nieuwe berichten op mijn scherm.

Morgen, 25 juni, zou het gebeuren. Toen ik afsloot had ik het beloofd.

12

De spanning bouwde zich op, blies zichzelf op als een ballonnetje. Groter en groter. Tot het groter was dan ikzelf en ik wist dat het móest knallen. Ik had geen idee hoe ik me die knal voor moest stellen. Maar vanavond ging het gebeuren. Dat had ik beloofd. Vanavond was het feest. Het was ondenkbaar dat het níet zou gebeuren.
En opeens was ik bang.

De hele dag voelde ik de spanning voor die avond in mijn lichaam. Ik had met mijn neus boven m'n schoolboeken gehangen want volgende week was de proefwerkweek, maar ik had niets in mij op kunnen nemen. Na het eten begon mijn moeder over het feest te zeuren. Over wie er allemaal kwamen. Waarom ik Gita niet had uitgenodigd. Of ik alleen nog maar met mensen uit 4U2B om wilde gaan. Waarom zij daar niemand van kende.
'Weet ik veel!' viel ik kwaad uit. Daarna zei mijn moeder niets meer. Zwijgend vulde ze het koffiezetapparaat, terwijl ik de borden en het bestek in de vaatwasmachine plaatste. Vanuit mijn ooghoeken zag ik de naar binnen gekeerde blik op haar gezicht. Ik voelde me lullig. Vroeger waren dit juist de momenten dat wij gezellig kletsten. Het was niet lang geleden dat ze alles van me wist. Sinds kort wist ze niets meer. Het verbaasde me bijna dat dat mogelijk was. Toen ik klein was dacht ik dat zij alles van mij wist. Ook dingen waar ze niet bij geweest was. Ik probeerde de brok in mijn keel weg te slikken, maar het lukte niet. Ineens had ik behoefte om met haar te praten. Om haar weer deelgenoot te maken van mijn leven.

'Weet je,' zei ik. 'Vlinder woont niet bij haar ouders, maar bij een vriend.'

Abrupt stopte mijn moeder haar bewegingen. Alleen haar gezicht draaide ze naar mij. De doos suikerklontjes lag geopend in haar hand alsof ze uit ging delen. 'Woont ze alleen?'

'Nee, met een vriend.'

'Heeft ze een vriend?'

'Ja, dat zeg ik.'

'Wat is dat voor jongen?'

Het was een slecht idee om haar dingen te willen vertellen.

'Hij is taxichauffeur,' zei ik. Dat leek mij wel oké. 'Maar ik ken hem niet goed.'

'Taxichauffeur,' herhaalde mijn moeder honend. Ze gooide een suikerklontje in haar mok, kwakte de doos op het aanrecht en barstte los met een spervuur aan vragen. Over Vlinders ouders. Waar die woonden. Ik vertelde de waarheid. Mijn moeder reageerde geschokt. Op wereldreis? Niet op vakantie? Belden ze? Had ze contact via internet? En wat vonden zij ervan dat Vlinder samenwoonde? Naar die oom en tante wilde ze kennelijk niet luisteren. Boos probeerde ik Vlinder te beschermen.

'Ze vinden dat Vlin zelf kan beslissen wat ze doet. Zij behandelen haar tenminste niet als een klein kind.'

Ik had er spijt van dat ik met mijn moeder had willen praten. Zulke dingen moet je niet willen. Ouders als de mijne begrijpen toch niets. Eigenlijk begreep ik het zelf nauwelijks.

En toen maakte mijn moeder het nog veel erger. Ze zei - en ze was opeens heel beheerst: 'Ik zie het niet zitten dat je vanavond naar dat feest gaat.'

Daarna schonk ze koffie in. Ik keek haar stomverbaasd aan en wist dat ze het meende. Trut, dacht ik. Megatrut!

'HET IS ONS FEEST!' begon ik te gillen. 'Wíj geven een feest! Ik móet erheen!'

'Kom even aan tafel zitten,' zei mijn moeder kalm en autoritair. 'Dan praten we erover.'

Ik beet op mijn onderlip. Onwillig ging ik zitten. Ik móest rustig doen, anders kon ik het feest zeker wel schudden.

'Ik maak me zorgen, Suus,' zei mijn moeder ernstig. Ze probeerde me diep in mijn ogen te kijken. Daarom keek ik naar beneden. Toen wilde ze haar hand op de mijne leggen. Meteen trok ik mijn hand weg. Niemand moet aan me zitten als ik kwaad ben.

'Ik vertrouw het niet, Suus. Ik wil gewoon niet hebben dat je er heen gaat,' zei ze op een vriendelijk toontje alsof ze het tegen een vierjarige had.

'Je vertrouwt mij niet?!'

'Straks heb je het schoolfeest. Ga dáár lekker van genieten.'

'Het schoolfeest? Het schoolfeest? Ik wil naar mijn eigen feest!'

Het lukte me niet rustig te blijven. Ze had geen idee wat dit feest voor mij betekende. Weer begon ik te schreeuwen.

'Ik dacht dat ik jóu wel wat kon vertellen! Niet dus! Ik vertel je nooit meer iets!' Ik sprong op. Mijn stoel kantelde naar achteren en kletterde met een dreun op de mooie parketvloer waar mijn moeder zo zuinig op is. Ik smeet de deur achter mij dicht, stampte de twee trappen op en liet mij op bed vallen. Mijn gezicht in het kussen. Ik wilde naar het feest! Ik moest naar het feest! Het was oneerlijk! Vlinder... Ze zou woest zijn als ik zomaar wegbleef. Ik moest haar bellen. Zodra ik daaraan dacht, begon ik nog harder te huilen. Om negen uur had ik nog niet gebeld. Om half tien ging mijn mobiel over. Vlinder, zag ik op de display. Ik keek ernaar, hield mijn adem in en wachtte tot het geluid eindelijk stopte. Even haalde ik opgelucht adem, maar meteen daarna borrelden de tranen weer omhoog. Vijf minuten later klonk de ringtone opnieuw. Met tegenzin nam ik op. Ik moest wel.

'Hé, waar blijf je?'

Stilte.

'Suhuus! Waar blijf je nou?!'

'Ik… ik mag niet…'

'Wat nou, mag niet?!'

Ik slikte. 'Ik kom straks, ja?'

'Nee, nu!'

'Dat kan niet, Vlin. Ik kom straks.'

'Jemig, wat ben je voor gup!'

Ik zweeg. Vlinder zuchtte hard. 'Oké, straks dan. Als je maar niet te lang wacht!'

'Doei.'

De tranen begonnen weer te stromen. Mijn handen waren nat. Het mobieltje klam. Ik gooide het ding op bed. Vlinder zou woest zijn dat ik haar liet stikken. Misschien raakte ik haar hierdoor kwijt. Wilde ze niets meer te maken hebben met zo'n laf kind.

Toen kreeg ik een idee. Het was het enige wat ik kon doen. Rond twaalf uur gingen mijn ouders naar bed. Tegen enen zouden ze wel slapen. Dan zou ik het huis uitsluipen en naar Vlinder gaan.

Ik zette mijn mobieltje uit. Het spijt me Vlin, zei ik in mezelf. Ik kan niet eerder, maar ik kom. Ik kom echt!

Ik dook in de stapel kleding die ik die middag uit de kast getrokken had en begon opnieuw te zoeken wat ik aan moest.

13.

Midden in de nacht racete ik naar Vlinder alsof mijn leven
ervanaf hing. Alsof ik zo de tijd terug kon draaien.

Op sokken was ik het huis uit geslopen. Zo stil mogelijk
had ik het nachtslot opengemaakt. Mijn schoenen had ik
buiten aangetrokken, maar op het pad kraakte het grind
luid onder mijn schoenen. En de poort ging piepend open
en dicht. Toen ik wegfietste, durfde ik niet achterom te
kijken. Bang dat ik het licht in de slaapkamer van mijn
ouders zou zien aanflitsen en dat een van hen voor het
raam zou opduiken.

Om tien voor half twee was ik in de straat waar Vlinder
woonde. Het was een donkere nacht. Er was geen levend
wezen te zien. Er gebeurde niets toen ik op de bel drukte.
Het bleef stil alsof er in de hele flat niemand thuis was. Ik
drukte nog een keer op de bel, deed een paar stappen naar
achteren en tuurde omhoog. Het feest kon toch nog niet
afgelopen zijn?

Er was geen feest. Dat was duidelijk. In de verte hoorde ik
gejoel vanuit de binnenstad, ik hoorde auto's. Maar het
flatgebouw zweeg nadrukkelijk.

Ze waren natuurlijk ergens anders heengegaan met z'n
allen. Wat moest Vlinder in haar eentje met al die jongens
in huis! We hadden alleen Blings groep uitgenodigd. Geen
meisjes. Misschien had Vlinder mij gesms't. Ik tastte in
mijn jaszak, maar mijn mobieltje lag waarschijnlijk nog op
bed.

Ik legde mijn vinger nog een keer op de bel en hield die
eindeloos ingedrukt. Als er niemand was, kon ik niemand
storen.

Plotseling hoorde ik boven mij een venster opengaan. Vlinder! Ze was er wel!

'Hé Vlin!' riep ik. 'Wat is er aan de hand? Waar is iedereen?'

Toen pas viel mijn blik op haar blauwe oog. Met open mond staarde ik haar aan. De huid rond haar linkeroog was blauw en opgezet.

'Vlinder... Jee... Wat is er gebeurd?!'

'Niets,' zei Vlinder kortaf. Het klonk als 'Nief'. Nu pas zag ik dat ook haar bovenlip dik was. Onthutst bleef ik haar aanstaren. 'Ja,' vervolgde ze zacht lispelend. 'Er is wel wat gebeurd. Maar je moet gaan. Ik spreek je later.'

'Wie heeft dat gedaan, Vlin?'

'Niet nu!' siste ze.

'Ja maar...'

'Ga weg!'

Ik bleef staan en kijken. Haar beschadigde gezicht belette me om nog iets te vragen.

'Ga weg,' zei Vlinder nog een keer. Toen trok ze het raam dicht.

Ik hield me vast aan mijn fiets. Wat nu? Weer aanbellen, eisen dat ze de deur opendeed? Ik moest toch weten wat er gebeurd was! Zodat we iets konden doen! Moesten we niet naar de politie? Ik bewoog mijn vinger weer naar de bel, maar ik was bang dat Vlinder woest zou worden als ik nog eens zou durven aanbellen. Haar woorden waren heel duidelijk geweest, ondanks die gezwollen lip. Misschien was ze allang bij de politie geweest. Ik wist gewoon niets.

Traag fietste ik terug naar huis. Het was alsof ik Vlinder voor de tweede keer die avond in de steek liet. Langzaam werd me helder wat er gebeurd moest zijn. Elk rondje dat mijn benen trapten, onthulde geleidelijk een fractie van een volgend beeld. Moeizaam zag ik het voor me. Bling en zijn vriendjes. Hoe ze opgewonden naar de flat van Fred waren getrokken. Overtuigd van de vangst van die avond. Bling zou mij pakken. Killah wilde Vlinder. Maar Wacko vond Vlinder ook nog altijd leuk. Alle jongens vonden haar leuk. Vonden haar méér dan leuk.

'Vanavond zou het gebeuren…' Ik had me nauwelijks willen realiseren wat dat betekende. Een paniekgevoel barstte los in mijn buik en verspreidde zich over mijn hele lijf. Wat een naïeve sukkel was ik! Ik had het alleen maar spannend willen vinden! Maar ik had Bling van alles beloofd en vervolgens was ik niet op komen dagen. Dat zou Bling niet leuk gevonden hebben. Misschien had ie voor schut gestaan voor z'n vriendjes. Had ie ze toch wel wat verteld over ons. Hadden ze zich vervolgens uitgeleefd op Vlinder. Oh nee! Wie weet wat er allemaal gebeurd was! De beelden spatten door elkaar. Vlinder die uitdagend danste. Met haar billen schudde. De jongens kijkend, lachend, joelend. Elkaar ophitsend. De woorden op mijn beeldscherm. Lekker schatje, ik ga je pakken. Jou verwennen. Jou…

Ik durfde niet verder te denken aan wat er gebeurd moest zijn. Bling! Ineens haatte ik hem! Naast zijn moeder gedroeg hij zich als een onschuldige lieve jongen, maar wat kende ik hem? Hij was gewoon eng!

Ik had hem interessant gevonden. Vlinder had Killah leuk gevonden. Maar ze waren toch ánders die Anti's. Echt anders!

Ik wilde niet verder denken, maar zonder woorden wist ik wat er zo ongeveer gebeurd moest zijn. En het was mijn schuld! Ik had dit in gang gezet!

Mijn mooie droomwereldje was niet meer dan een vertrapt zandkasteel waar de zee overheen sloeg. Het stelde helemaal niets voor. Kapot was het en verdwenen.

Ik was bang dat Vlinder me niet meer zou willen zien. 'Ga weg!' had ze gesist. Nooit zou zij begrijpen dat ik niet weg had gekund. Zíj zou zich door geen tien ouders thuis hebben laten houden. Zij zou gewoon opgestapt zijn. Ik had haar in de steek gelaten. Ik was haar tegenpool: een verachtelijke laffe bangerd.

Natuurlijk zou ik morgen naar haar teruggaan. Alles zou ik doen om haar te helpen. Als ze er morgen al vandoor wilde, op reis, weg uit dit achterlijke dorp, ging ik met haar mee. Als ik nog maar haar vriendin was.

Ik zette mijn fiets achter het huis, sloop met mijn schoenen in mijn handen naar zolder en ging op bed liggen. Als ik er vanavond bij was geweest, was alles anders gelopen, dacht ik telkens. Of was dat niet zo? Zou mij hetzelfde als Vlinder zijn overkomen? Had mijn moeder mij voor iets vreselijks behoed?

14

In de straat was het druk. Mensen liepen achter ramme-
lende boodschappenkarretjes, van de supermarkt op de
hoek naar auto's die verderop in de straat geparkeerd
stonden. Achter mij speelden een paar jochies met een
bal. Niets herinnerde aan de afgelopen nacht.

'Haha. Ik had me goed geschminkt, hè? Je trapte er echt
in!' Ik fantaseerde dat Vlinder met die woorden de deur
zou openen. Ik zou haar verbaasd aankijken, zoekend in
haar gezicht naar schrammen en bulten, maar alleen haar
gave gezicht met de grote grijsblauwe ogen zien. 'Dat
meen je niet!' zou ik roepen en Vlinder zou keihard
lachen en uiteindelijk zouden we in elkaars armen vallen
en verschrikkelijk staan gieren. We zouden in onze broek
pissen van het lachen. Ik zou niet boos zijn, alleen maar
opgelucht.

Ik drukte de bel in en toen kwam de afgelopen nacht toch
weer terug. Ik wachtte op het zoemen van de deuropener,
maar er gebeurde niets. Daarna hield ik de bel langdurig
ingedrukt. Boven mij hoorde ik eindelijk het raam opengaan. Ik deed een paar stappen naar achteren. Shit. Het
was Fred.

'Je vriendinnetje ís hier niet meer en kómt hier niet
meer!' riep hij en sloot het raam.

'Wacht!' riep ik, maar Fred was al weg. Weer drukte ik op
de bel.

'Waar is ze dan?' vroeg ik toen hij opnieuw in de raam-
opening verscheen.

'Weet ik veel. Ze heeft er een pestzooi van gemaakt
gisteravond.'

'Daar kon zij niks aan doen! Er was een groep jongens en...'

Fred onderbrak me: 'En wie heeft de deur opengedaan voor die jongens? Nou? De deur van míjn huis, ja! Ik heb gezegd: "Ga maar naar die leuke vriendjes van je of ga terug naar je ouders."'

'Ha ha,' zei ik boos. 'Naar Bali zeker.'

'Nee, naar Tilburg,' zei Fred.

Het had geen zin om met hem te praten. Ik zuchtte. Fred trok zijn hoofd alweer terug uit het raam.

'Weet je wie haar geslagen heeft?' vroeg ik snel.

Fred blies en maakte een wegwuivend gebaar met zijn hand. 'Val me niet lastig.'

'Ik dacht dat jij haar wilde helpen.'

'Dat grietje moet zichzelf eerst helpen,' zei Fred.

'Klootzak,' zei ik zacht. Ik wilde tegelijk wel en niet dat hij het zou horen. Ik wilde dat hij zich af zou vragen of hij het goed verstaan had. Maar blijkbaar was er niets mis met Freds oren.

'Hoepel dan op, trut!' riep hij.

Ik stapte op mijn fiets. Boven me hoorde ik het raampje met een klap dichtslaan. Mijn hart joeg door mijn lichaam. Toen ik al bijna thuis was, dacht ik aan mijn spullen die nog in Freds flat lagen. Shit! Die kon ik daar niet laten liggen. Ik haalde diep adem en draaide me om. Over sommige vervelende dingen moet je niet nadenken, meteen doen. Des te sneller is het achter de rug. Ik fietste terug en belde weer aan.

'Wát?!' schreeuwde Fred toen hij mij weer beneden zag.

'Mijn tent en mijn rugzak!' schreeuwde ik terug. 'Die liggen hier nog!'

'Kom maar halen.' Het raam klapte dicht en even later

klonk het zoemen van de deurontgrendelaar. Langzaam liep ik de betonnen trap op. Het gevoel bekroop me dat ik iets ontzettend stoms deed, maar toch liep ik door, de vier trappen op naar de derde woonlaag. De deur stond op een kier. Ik duwde de deur verder open en bleef wachten in het halletje. Het rook er een beetje zurig.

'Hallo?' riep ik. Mijn stem klonk onvast.

'Hiero,' riep Fred vanuit de woonkamer.

Hij zat wijdbeens onderuit gezakt op de bank en wees naar de hoek. Op de kale matras zag ik mijn tent in de blauwe nylonzak. Ik ging erheen en pakte hem op. Het koordje van de zak kleefde. Bah.

Ik keek om me heen alsof Vlinder zich nog ergens verstopt kon houden. Maar er was helemaal niets meer van haar. Het voelde leeg in de flat.

'En m'n rugzak? Waar is die?'

'Die heeft je vriendinnetje meegenomen.' Fred grijnsde. 'Doe haar maar de groeten.'

Fred kwam overeind. Snel draaide ik me om en liep de woning uit.

Omdat Daan en mijn vader thuis waren, verstopte ik de tent in de schuur. Als er een keer niemand was, zou ik hem wel weer op zolder opbergen. Die ouwe rugzak deed er niet toe. Die zou mijn vader de eerste jaren niet missen. Mijn enige zorg nu was Vlinder.

Ik belde haar, maar ze nam niet op. Ik keek op msn, maar ze was offline. Ik stuurde sms'jes, maar ze reageerde niet. Ik fietste naar 4U2B, maar ook daar was ze niet. Er was sowieso bijna niemand.

Om tien uur die avond ging mijn mobiel. Ik dook naar mijn jas achter mijn bureau in de hoek van de kamer.

Graaide in de zak, verkeerde zak, binnenzak, blik op de display. Oma. Hè. Shit.

Met een vrolijke stem nam ik op. 'Ha oma.'

'Dag lieverd. Zeg Susanne, ik vroeg mij af: ben jij vandaag bij mij in huis geweest?'

'Nee,' zei ik verbaasd.

'Echt niet?' vroeg oma.

'Nee, echt niet,' zei ik stellig terwijl ik begon te kleuren. Vlinder zou toch niet in oma's huis geweest zijn? 'Hoezo dan?'

'Ach...' Oma bleef even stil. 'Ik miste een pak koeken en ik miste... Nou ja, ik zal het wel niet gekocht hebben. Ik zal wel dement worden.'

'Was er nog meer weg?' vroeg ik, maar oma gaf geen antwoord.

'Laat maar meisje, ga lekker slapen. Dag!'

Ik tuurde naar mijn mobieltje alsof dat me nog iets wijzer zou maken en zuchtte diep. Vlinder was dus in oma's huis geweest. De achterdeur was overdag nooit op slot. Ze had eten uit de keuken meegenomen. Toch geen geld?! Oma bewaarde haar portemonnee altijd in de keukenkast. Ik hoopte maar dat ze alleen eten gepakt had. Dat vond ik niet zo erg. Als je honger had, had je eten nodig. Simpel. Maar met geld kocht je eten. Eigenlijk was er dus geen verschil tussen geld of eten stelen.

Ik schudde mijn hoofd. Ik wilde er niet langer over nadenken, want vorige week had Vlinder wél geld gehad.

15

Ik kon niet slapen. Regen kletterde tegen het dakraam. De tijd verstreek verschrikkelijk traag. In gedachten zag ik Vlinder in haar slaapzak in een portiek liggen. Ik zag haar omringd door enge zwervers en junks. Hou op, zei ik tegen mezelf. Je lijkt wel een overbezorgde moeder. Vlinder redt zich wel. Ik wist dat ze vaker buiten geslapen had. En trouwens, misschien was ze naar vrienden uit haar oude woonplaats. Iemand als Vlinder moest toch handenvol vrienden hebben? Echt weten deed ik het niet. Er was veel wat ik niet van haar wist, maar ze was mijn vriendin - mijn beste vriendin - en dat was het belangrijkste.

Mijn beste vriendin met een enorm blauwpaars oog en een opgezette lip. En ik wist wie dat op hun geweten hadden! Ik zou hen terugpakken al wist ik nog niet hoe. Wie weet hoeveel beurse plekken de rest van haar lichaam vertoonde. Vlinder redde zich helemaal niet. Sámen waren wij sterk. Samen konden we het leven maken zoals wij wilden, zoals wij droomden, maar zonder de ander niet.

Ik had het idee dat ik nog maar net sliep toen ik snelle voetstappen op de zoldertrap hoorde. Zonder kloppen werd de deur geopend. Fel daglicht viel mijn kamer binnen. Daan natuurlijk. Geïrriteerd trok ik het dekbed over mijn hoofd.

'Suus! Word eens wakker!' zei mijn moeder en duwde tegen mijn schouder. Ze klonk geschrokken. 'Er is iets met oma. Wij gaan naar het ziekenhuis. Ik bel je als we iets weten, ja?'

'Wat?' zei ik, maar mijn moeder was alweer verdwenen.

Meteen was ik klaarwakker. Wat was er! In mijn slaapshirt holde ik naar beneden en ging op de trap zitten. Mijn ouders stonden nog in de hal.

'Wat heeft oma?'

'Ik weet het niet. We zijn net gebeld.' Mijn moeder pakte mijn gezicht beet en drukte een kus op mijn voorhoofd. 'Het valt vast mee, wij gaan nu.'

'Nee, wacht! Ik wil mee! Even wat aantrekken.'

'O, lieverd.' Mam keek hulpeloos. 'Daan komt over een half uur thuis van voetballen. Wil je alsjeblieft op hem wachten?'

'Dan kom je samen met hem naar het ziekenhuis,' opperde mijn vader. Hij had de deur geopend en stapte naar buiten. 'Wij moeten nu gaan, Marga.'

Mijn moeder gaf me nog een kus. 'Het komt wel goed,' zei ze.

'Ja,' zei ik. 'Natuurlijk.'

Zonder te douchen kleedde ik me aan. Ik at vier witte boterhammen met dik boter en hagelslag en wachtte op Daan. Tuurlijk kwam het goed met oma, zei ik tegen mezelf. Ze was vast gevallen, had haar enkel gebroken, en was naar het ziekenhuis gebracht. Of misschien was het een beetje erger en had ze haar heup gebroken. Maar ook zoiets kwam goed. Of was het veel erger? Had Vlinder ermee te maken?

Nee toch?! Ik schudde mijn hoofd. Dat kon gewoon niet. Maar stiekem twijfelde ik. Vlinder was bij oma geweest. Wat was er gebeurd?! Kon ik haar maar bereiken!

Toen Daan thuiskwam, had ik mijn jas al aan.

'Kom,' zei ik. 'Pak je fiets. Oma ligt in het ziekenhuis. We gaan.'

Meteen na de draaideur in de ingang van het ziekenhuis liepen we tegen pap op. 'Ik wilde jullie juist bellen.'

'Zit oma's heup in het gips?' vroeg Daan.

Mijn vader keek hem verstrooid aan. 'Nee, nee,' zei hij. 'Oma heeft een hersenbloeding gehad.'

'Gaat ze dood?' vroeg ik.

Ik zag Daan schrikken. Mijn vader zag het ook. 'Nee hoor,' zei hij. 'Nou ja, de dokter kan nog weinig zeggen. Het hangt er allemaal vanaf hoe ze herstelt. Ze kan halfzijdig verlamd blijven, maar ze kan ook best weer genezen. Ze slaapt nu. We moeten haar vooral laten slapen.'

'Mag ik niet naar haar toe?'

'Jawel, je mag haar wel even zien.'

'Niet alleen Sukkie, ik ook, hè pap?' riep Daan.

Pap knikte en legde zijn hand in Daans nek. We liepen een lange hal door. We passeerden een infobalie en een winkeltje. Ik zag een kaal meisje in een roze ochtendjas en een man met één been in een rolstoel. Erg hoor, dacht ik automatisch, maar eigenlijk kon het me niets schelen. Mijn ene oma was belangrijker dan alle andere patiënten bij elkaar. Aan het eind van de hal gingen we de lift in naar de derde verdieping. Toen we de afdeling op liepen, sloeg pap zijn arm om Daan en mij heen.

'Je moet niet van haar schrikken, hoor.'

Ik wurmde me onder zijn arm vandaan. Natuurlijk zou ik niet schrikken van mijn slapende oma. Ze was nog altijd gewoon mijn oma. Wat ze ook had.

Vóór pap en Daan ging ik de kamer binnen en bleef stokstijf staan. Meteen in het eerste ziekenhuisbed lag ze. Een oude zieke vrouw met een scheef gezicht. De linker mondhoek hing en het linker ooglid hing. Piekerige grijze haren kleefden tegen een kraakwit kussen.

'Huh huh,' zei ze.

Vanaf een meter van het voeteneinde van het bed keek ik naar haar.

'Ze is wakker,' zei mijn vader.

'Stil maar, mamma,' fluisterde mijn moeder. 'Ga maar lekker slapen.'

Ze zei 'mamma', niet 'oma' zoals ze altijd deed. Het was vast heel erg. Misschien ging ze wel dood. Ik had nog nooit een dood mens gezien.

Mijn vader en Daan liepen naar het bed. 'Dag oma,' zei Daan zacht. Hij gaf oma een kus en pakte haar hand.

Mijn moeder keek naar mij. Haar ogen glansden. Ik dacht: als ze liegt dat het allemaal goed komt, ren ik direct weg.

'Schrik je, liefje?' zei ze. Ik knikte. Ik kon niet praten.

'Kom eens naast me zitten.'

Ik deed wat ze zei. Mamma streek langs mijn gezicht en sloeg een arm om me heen. Ik staarde naar de oude vrouw in het ziekenhuisbed die mijn oma was. Op de achtergrond hoorde ik mijn vader heel zachtjes tegen haar kletsen. 'We zijn er allemaal hoor… Ook Suus en Daan… Ga maar lekker uitrusten, hè…'

Zijn gebabbel kalmeerde me een beetje.

'Dag oma,' zei ik zacht. Ik hoorde het zelf nauwelijks. Ik pakte haar hand en streelde die even. Oma's hand was warm en droog. Er zat geen kracht of beweging in. Al snel liet ik haar weer los.

Er kwam bezoek binnen voor de vrouw die naast oma lag. 'Erreg hè?' hoorde ik iemand zeggen. Ik wist zeker dat ze het over oma hadden.

'We mogen niet te lang blijven,' zei mijn moeder. 'Dat is te vermoeiend.'

Oma deed één maal heel even een oog open. Verder deed

ze niets. Ze zei alleen nog een keer 'Huh huh,' vlak voor we vertrokken.

Thuis klonk mijn moeder onverwacht bits. 'Die vriendin van jou was er toevallig net,' zei ze. Sinds vrijdag noemde ze Vlinder 'die vriendin van jou'.

'Oma lag op de keukenvloer. Zij heeft oma gevonden, zegt ze - en de ambulance gebeld.'

'Hè?' zei ik.

'Ja. Zij was bij oma thuis. Dat is vreemd, hè?'

'Ja.'

'Wat moest ze daar, denk je?'

'Weet ik niet. Ik heb Vlinder sinds vrijdag niet meer gezien.'

'Wat een meid. Ze zag eruit alsof ze geslagen was. Of heeft ze gevochten? Weet jij dat?'

'Ik heb haar sinds vrijdag niet meer gezien,' herhaalde ik.

'De onbeschaamdheid,' zei mijn moeder plotseling fel.

'Márga,' zei mijn vader op waarschuwende toon.

'Wat is er?' vroeg ik.

'Wat móest die meid daar?'

In een flits wist ik het. Ik herinnerde me de openstaande schuur toen Vlinder en ik oma bezochten. Vlinder moest dat ook gezien hebben. Ze had oma's schuur natuurlijk als slaapplek gebruikt.

'Ik weet het niet,' zei ik.

'Ik ga direct langs om te kijken of alles in orde is.'

'Zal ik gaan?'

'O nee. Daar komt niks van in.'

Ik zuchtte. Ik zei: 'Als Vlinder er niet was geweest, was oma pas veel later gevonden. Ja toch?'

Mijn moeder zweeg.

'Ja toch?'

'Als zij er niet geweest was…' herhaalde mijn moeder. 'Dan… dan…' Ze stopte.

Had oma dan geen hersenbloeding gekregen? Kwam het door Vlinder? Kon je van bijvoorbeeld heel erg schrikken een hersenbloeding krijgen? Ik durfde het niet te vragen.

'Ze is zelfs meegegaan naar het ziekenhuis,' zei mijn moeder.

'O?'

'De brutaliteit.'

'Laat nou maar, Marga,' zei mijn vader.

Het bleef weer even stil.

Ik wist dat dit niet het moment was om naar Vlinder te vragen, maar ik kon het niet laten.

'Hebben jullie nog met Vlinder gepraat?' Ik keek mijn vader aan. Híj moest eens antwoord geven, maar mijn moeder was hem voor: 'Zij verschijnt daar en oma krijgt een hersenbloeding. Nee hoor, ik heb níet met haar gepraat.'

Dus toch. Het was Vlinders schuld!

In mijn hoofd begonnen de gedachten wild te malen. Ik wilde alleen zijn.

'Ik ga naar boven.'

Mijn vader gaf me een knipoog. Neem je moeder maar even niet te serieus, zei hij daarmee. Maar dat deed ik nu juist wel.

Op mijn kamer liet ik mij op bed vallen.

Alles was mijn schuld.

16

Schuldgevoel is een draaikolk. Het trekt je dieper en dieper naar beneden. Tot je bijna verdrinkt in benauwdheid. Als ík vrijdag naar ons feest was gegaan, hadden Bling en zijn vriendjes Vlinder niet gepakt. Als Vlinder niet gepakt was, had ze geen ruzie met Fred gekregen. Dan was ze niet weggelopen en had ze niet geslapen in oma's schuur. Dan was oma niet geschrokken en had oma geen hersenbloeding gekregen. Alles was mijn schuld! MIJN SCHULD! De woorden waren te groot voor mijn hoofd. Ze stuiterden de hele zolderkamer door.

Wat kon ik doen? Vlinder reageerde niet op mijn sms'jes of op mijn bellen.

Ik deed de computer aan. Misschien was ze op msn. Nee hoor. Offline. Ze had mij vast geblokkeerd. Bling was wel op msn en Killah en een paar vriendjes van hen. Die zaten leuk lol te maken. En ondertussen... Wat ze allemaal geflikt hadden! Vlinder was dus niet bij de politie geweest. Anders zouden ze toch vast zitten? Of was het mogelijk dat ze verhoord waren en meteen weer vrijgelaten? Ik had geen idee hoe dat ging.

Misschien deed de politie niets. Was er geen bewijs ofzo. En ondertussen versierden die engerds nieuwe meisjes! Ze moesten zelf eens mishandeld worden, dacht ik grimmig, zodat ze wisten wat ze Vlinder aangedaan hadden. Ik sloot mijn ogen en vouwde mijn handen. 'Straf ze. Laat hen alles overkomen wat zij Vlinder aangedaan hebben,' bad ik. Maar ik geloofde niet dat dit gebed verhoord zou worden. Ik geloofde ook niet dat de politie hen aan zou pakken. En ik geloofde al helemaal niet in hulp van mijn ouders.

Als ik wilde dat zij gestraft werden, moest ik daar zélf voor zorgen. Ja, dat moest ik doen. Zoveel was ik toch wel aan Vlinder verschuldigd! 'Als jij niets doet, gebeurt er niets.' Ik hoorde het Vlinder zeggen.

Ik moest Bling en Killah in elkaar laten slaan. Maar wie kon hen aan? Jesse, bedacht ik meteen. Jesse natuurlijk! Makkelijk zat! Hij had de zwarte band met judo. Iedereen had ontzag voor zijn kracht.

Ik pakte de huistelefoon en belde Jesse op zijn mobiel.

'Hé Susanne!' Hij klonk enthousiast. 'Hoe is het?'

'Ja, goed… uh…' Stilte. 'En met jou?'

'Lekker,' zei Jesse. 'Ik heb een stageplek in het fitnesscentrum. Twee avonden in de week. Precies wat ik zocht.'

'O. Gaaf joh. Uh…'

'En m'n toetsen heb ik ook goed gemaakt. Zelfs twee achten.' Jesse was even stil. Nu moest ik over Vlinder beginnen, maar ik wist niet hoe ik het vragen moest. Ik zei niets. Hij nam het woord weer: 'Vanavond ga ik het vieren in 4U2B. Kom je ook?'

'Uh ja, misschien.'

'Ja joh! Gezellig! O, ik moet ophangen. Hé, ik zie je!'

Weg was ie. Shit. Wat nu? Opnieuw bellen? Nogal idioot was dat. Ik dacht aan Vlinder. 'Geeft niet,' zou zij zeggen. 'Het gaat erom wat je wílt.'

Ik zuchtte diep, sloot mijn ogen, overwoog wat ik wilde vragen, zuchtte nog een keer, slikte en belde opnieuw.

'Susanne?' vroeg Jesse verbaasd.

'Ja uh, sorry. Ik wilde je eigenlijk wat vragen…'

'Vraag maar.'

In één adem vertelde ik dat Vlinder vrijdagavond in elkaar geslagen was door Bling en Killah. Ik vertelde van haar blauwe oog en dikke lip en verzon er een paar gekneusde ribben bij. Die had ze vast ook echt. En nu was Vlinder verdwenen.

'Iemand moet het hen betaald zetten,' zei ik. 'En jij bent de enige die dat kan, Jesse.'

'Ja, lekker zeg.' Het bleef een tijdje stil. Ik wachtte.

'Ik weet niet hoor,' zei Jesse uiteindelijk.

'Je bent toch een vriend van mij?'

'Ja tuurlijk, maar ik ben er toch niet bij geweest, man!'

'Geloof je me soms niet?'

'Ja, maar zij zijn ook vrienden van mij, weet je.'

'Fijne vrienden,' zei ik.

'Ja, doe het zelf.'

'Haha,' zei ik.

'Verzin iets anders. Hé, ik ben aan het sporten. Ik ga weer.'

'Oké, láát maar. Vergeet het.'

Ik verbrak de verbinding. Ik had geen recht om boos te zijn op Jesse, maar ik was het wel. Vroeg ik een keer om hulp, zei hij gewoon nee. Er was níemand die mij kon helpen. Ik moest het helemaal alleen doen. Nou goed, dan zou ik het alleen doen ook!

Ik - verlegen, bange Susanne - verzon iets vreselijk vals. Het idee was er plotseling en onmiskenbaar, en ik voerde het uit. Zonder seconde van twijfel. Voor Vlinder.

Ik maakte een nieuw account aan op msn. Ik logde in als Jesse Westra. Ik noemde mij: 'Hé motherfucker, mess with me, if you're in for trouble.'

Ik voegde Bling toe en ging online. Meteen reageerde hij. Met de woorden: Eej man. Whats up verscheen Bling in mijn beeld. Hij had zijn naam gewijzigd in: 'Heb me kapot gezopen.' Heel goed, dacht ik.

Ik wist even niet wat ik moest tikken. Ik wilde hem het liefst de huid vol schelden over wat ie Vlinder geflikt had, maar dat kon niet. Hij moest denken dat ik Jesse was. Wat zou Jesse doen om ruzie uit te lokken met Bling?

Oelewapper, antwoordde ik Bling.

Bling.nl: Hahaha.

Jesse: Ach joh, smoor je smoel. (Die had ik van Daan).

bling.nl: Hahahaha. P

Dit schoot niet op.

Mietje, tikte ik.

Bling.nl: Wat mietje, kom neuken dan.

Eindelijk. Zo ging het beter.

Jij bent gewoon een ongelooflijke zak, tikte ik.

Lekker.

En ik ben brak, rijmde Bling vrolijk.

Brak. Ik beet op mijn lip. Ik wist iets grofs. Te erg, maar het moest. Ik tikte: Ik **** je zusje in de prak.

Ik wachtte. Er kwam geen reactie. Hij was natuurlijk gestopt. Ik was te ver gegaan. Shit! Het moest me lukken om hem kwaad te krijgen, maar hij moest wel online blijven!

Yes! Daar was hij weer.

Bling.nl: Lol. Heb geen zus. Me moeder kwam binnen.

Aha. Zijn moeder voor wie hij veel respect had. Ik rook een kans. Ik moest niet te lang wachten.

Je moeder met 'r lekkere vette reet?

Kon ik dit maar samen met Vlinder doen. We zouden in een deuk achter de computer liggen. Nu hield ik m'n adem in en beet mijn onderlip bijna kapot.

Blings antwoord flitste woedend van het scherm.

Hé! Je hebt het wel over me moeder, hoor!

I'm a good motherfucker, zei ik.

Bek houden.

Hé man. Ze is gewoon fuckable.

Ik pak je als je je bek niet houdt.

Yes! Ik had hem waar ik hem hebben wilde!

Wil je matten? vroeg ik ademloos.

Ja, ik ga jou klappen, man. Als ik jou was zou ik maar binnen blijven.

Oei! Gaaf. Ik ga naar 4U2B vanaaf.

Ik ook.

Neem je vriendje Killah mee. En je lekkere mamsie.

Ik sloot af. Mijn ademhaling zat in mijn keel. Zulke grove dingen had ik nog nooit gezegd. Maar het was niet zomaar. Het was voor Vlinder.

Pfieuw. Dat ging me een vechtpartij worden. Bling zou er in zijn woede op los beuken en Killah volgde Bling in alles. Jesse zou schrikken van de eerste mep, maar dan… zou hij Bling en z'n vriendje helemaal in elkaar rammen. Goedzo. Vanavond kregen Bling en Killah hun verdiende loon. Dankzij mij. Ik had veel geleerd van Vlinder. Ik was echt veranderd en daar was ik trots op.

Als iemand onrecht aangedaan werd, greep ik in. Zo was ik nu.

17

Meteen die middag was mijn moeder naar oma's huis gegaan. Ze vertelde dat het raam in de keukendeur was ingeslagen. Maar er was, voor zover ze kon zien, niets uit oma's huis verdwenen. Had Vlinder ingebroken?! Ik wist niet wat ik moest denken.

's Avonds gingen we weer op bezoek bij oma. Omdat een oom en tante op de terugweg in de auto mee zouden rijden, vertrok ik op de fiets. Dat kwam goed uit want ik wilde langs 4U2B. Even kijken. Door de straat zelf durfde ik niet. Ik ging een zijstraat in en stopte op de hoek.

Met mijn fiets aan de hand liep ik zover dat ik de ingang nét kon zien. Twee donkere figuren hielden - als breedgeschouderde portiers - wijdbeens de ingang bezet. In één oogopslag herkende ik Bling en Killah. Ik huiverde. Ze straalden een agressie uit die ik niet eerder bij hen gezien had.

Er was geen plek waar ik me kon verschuilen om stiekem te gluren. De straat was te kaal. Bovendien moest ik naar oma. Voor ze me in de gaten hadden, keerde ik snel en racete naar het ziekenhuis.

Wat zou er gebeuren? Ik verwachtte een flinke vechtpartij. Bling en Killah lekker aangepakt. Twee tegen één, maar Jesse kon hen wel aan.

Of...? Hoe ze daar stonden! Oh nee! Ineens flitste het door me heen dat ze wel messen bij zich konden hebben! Messen?! Dan was Jesse kansloos!

Juist toen ik bij het ziekenhuis aankwam, scheurde een ambulance met loeiende sirene het terrein af. Tuu - luu, tuu - luu, snerpte het alarm in twee octaven. Jes - se, jes -

se, jes - se, klonk het in mijn hoofd. Het geluid nam af, maar bleef toen in de verte hangen. Ik vluchtte het ziekenhuis in.

'Huh,' zei oma. 'Dah Fufanne…'
Oma's ogen gingen langzaam van de een naar de ander.
'Het gaat al ietsje beter met oma,' zei mijn moeder. 'Ja, hè mam?' Ze streek over oma's haar.
Ik ging naast Daan zitten. Het was druk rond het bed.
'Hoe gaat het met jou?' vroeg Anja, mijn tante.
'Goed hoor,' zei ik automatisch.
'Ja? Gaat het goed op school?'
Ik knikte en zweeg. School…! Wat deed school er nog toe? Misschien liep ik morgen wel mee in een stille tocht voor Jesse. 'Zoveelste slachtoffer van zinloos geweld.' Ik las de koppen al in de krant.
En ik? Eerst meelopen in de stille tocht en dan opgepakt worden vanwege medeplichtigheid of uitlokking. Misschien zat ik nog maar één dag van mijn leven op school. Wat had ik gedaan?! Wat had ik gedaan?!
Buiten klonken opnieuw sirenes. Ik draaide mijn hoofd naar het raam.
'Wat hoor je toch veel sirenes rond zo'n ziekenhuis, hè?' zei de man van Anja.
'Nou. Hoeveel ongelukken er niet elke dag gebeuren,' zei mijn moeder.
'Dat wil je niet weten,' zei Anja.
Ik kreeg het steeds benauwder.
Ineens stond ik op, liep om Daan en mijn moeder heen en gaf oma een zoen. 'Ik ga weer,' zei ik. 'Morgen kom ik terug, oma.'
'Ga je nu al?' vroeg mijn vader verbaasd.

'Ja,' mompelde ik. 'Nog iets te doen.'

'Wat dan?'

Ik haalde mijn schouders op.

'Je hoefde al niet te werken vandaag en dan heb je nog geen tijd om even rustig hier te zitten?'

'Zeker een vriendje in het spel?' vroeg Anja. Ik knikte en had toen pas door dat het grappig bedoeld was. De rest lachte flauw mee.

'Nou, ga dan maar,' zei mijn moeder.

'Ik ben allang weg,' zei ik.

Mijn fiets stond bij de ingang van de EHBO. Angstig keek ik naar binnen. Er gingen mensen in en uit alsof het ook hier bezoekuur was. Misschien was Jesse net binnengebracht met een mes tussen zijn ribben, lag hij ergens op een brancard achter een wit gordijn.

Ik fietste het terrein af, maar zag nog net een bordje met 'mortuarium'. Mijn maag draaide zich om.

Kappen! zei ik tegen mezelf. Maak je niet gek! Misschien komt Jesse nu pas bij 4U2B aan. Misschien begint het gevecht net. Langzaam fietste ik erheen. In het centrum werd ik ingehaald door een politiewagen. Weer sloegen mijn hersens op tilt. Zie je wel, dacht ik. De politie is opgeroepen voor een uit de hand gelopen vechtpartij. Straks worden Bling en Killah ingerekend. Vandaag zij. Morgen ik.

Maar vanaf de hoek van de zijweg zag ik niemand meer voor de ingang van 4U2B. Langzaam fietste ik verder door de Mosselstraat. Tegen de zijkant van het gebouw hing een groepje rond twee jongens op brommers. Jesse was er niet bij. Ik keek naar de gestalde fietsen en brommers. Was dat zijn brommer daar?

Ik had het ding nooit goed bekeken. Ik wist het niet.
Ik fietste door naar het huis van oma. Misschien was
Vlinder teruggekomen. Misschien had mijn moeder niet
in de schuur gekeken. Ik voelde aan alle deuren, maar alles
zat stevig op slot. Vlinder was gevlogen.

18

Stilte kan oorverdovend zijn. Met stijve spieren van de spanning wachtte ik op de klap die moest komen. Maar er gebeurde niets die volgende dagen. Er bonsde geen politie op de deur. Er was geen stille tocht. Ik had geen idee hoe het gevecht bij 4U2B verlopen was. Het plaatselijke huis-aan-huiskrantje repte er met geen woord over. Jesse liet niets van zich horen. En naar 4U2B durfde ik niet meer na wat ik geflikt had.

Op school verpestte ik een proefwerk Nederlands grandioos. Ik had het goed geleerd - vorige week al - maar ik kon mijn gedachten niet bij de vragen houden. Gita naast me pende achter elkaar door. Ik probeerde een beetje af te kijken maar alsof ze dat niet doorhad, bleef ze voorovergebogen boven haar werk hangen. Na een half uur stond ik op en leverde mijn blaadje in. Ik was pas halverwege, maar het had toch geen enkele zin.

Gek was dat met schoolwerk: zolang ik dacht 'Het lukt wel', lukte het ook. Maar nu had ik van tevoren alleen maar gedacht dat ik het niet kon. En ik verprutste het.

Op woensdag, eindelijk, zag ik dat Bling en Killah op msn waren. Jesse nog steeds niet, maar dat zei niet zoveel. Hij was niet vaak op msn. Dat Bling en Killah op msn waren, stelde me een beetje gerust. Ze zaten dus niet vast. Dat betekende toch dat het gevecht niet te erg was geweest? Maar Jesse? Hoe was het met Jesse?

Hé lekker sgatje van mij, waar was jij vrijdag? En zaterdag? Where have u bin all my life? vroeg Bling op mijn scherm. Ik huiverde van zijn opdringerige woorden. Ik ademde diep door.

Ha Blinkieboy, tikte ik terug want ik moest doen alsof er

niets aan de hand was. Ik was vrijdag te laat. Was 't leuk?

Ik kneep mijn ogen samen. Als hij toch eens waagde te zeggen dat het leuk was!

Mwah, zei Bling. Viel tegen. Mafkees bij wie Vlin woont. Toen de drank op was, zijn we vertrokken. ;)

Ja, ja.

Jesse nog gezien?

Nog zo'n mafkees, schreef Bling. En toen: Hoezo? Kan jou Jesse schelen? Je bent ze vriendinnetje tog niet?

Ben niemands vriendin.

De mijne tog? ;)

D8 t niet, tikte ik bot terug. En toen blockte ik hem.

Ik wilde niet dat hij weer met allerlei zogenaamd leuke toespelingen begon. Ik wilde niets meer met hem. Gelukkig hoefde ik dat niet te zeggen. Ik kon hem gewoon blocken. Klaar. Exit Bling.

Het was stom om te proberen van hém iets te weten te komen. Ik moest Jesse bellen. Maar wat kon ik zeggen? Hé hallo, hoe is het? Áls hij al opnam. Als hij niet in het zie-kenhuis lag. Pff.

Dit was mijn eigen domme schuld. Ik had geen keus. Ik móest bellen. Met zwetende handen drukte ik de toetsen van mijn mobieltje in. Tuut…tuut…

'Hé Susanne!' riep Jesse vrolijk en aardig als altijd.

'Hoi,' zei ik verbaasd en bleef stil. Jesse ook.

'Is er iets?' vroeg hij.

'Uh, nee hoor. Hoe is het?'

Het duurde een seconde te lang voor hij antwoord gaf.

'Goed. Jammer dat je niet in 4U2B was.'

'Ben jij wel geweest?' Ik hield mijn adem in.

'Ja natuurlijk. Had ik toch gezegd? Wist je toch?'

'Ja,' zei ik kleintjes. Met een dun stemmetje vroeg ik: 'Was het gezellig?' Gezellig! Schaamtevol sloot ik mijn ogen.

'Ja, heel gezellig,' antwoordde Jesse. 'Er waren veel beken-
den. Jammer dat jij er niet was. Je hebt wat gemist.'

'O ja?'

'Nou ja. 't Is maar hoe je het bekijkt.'

'Hoezo?'

Stilte.

'Lamaar. Hé, hoe is het met Vlinder?'

'Geen idee. Ik weet nog steeds niet waar ze is.'

'Rottig,' zei Jesse.

'Ja.'

Weer bleef het stil. 'Ga je vanavond nog naar 4U2B?'

'Nee, ik moet leren,' loog ik.

'O, jammer.'

'Ja.'

Het gesprek vlotte niet meer. 'M'n moeder roept me,' zei
ik daarom. 'Ik moet eten. Ik zie je, hè?'

'Zeker weten.'

Puffend blies ik uit. Was dit een gewoon gesprek? Was er
niets gebeurd? Hoe kon dat dan?! Ik snapte er helemaal
niets meer van!

Alle touwtjes waren uit mijn vingers geglipt.

19

De wilde periode met Vlinder leek als een niet passende bladzij uit mijn bestaan gescheurd.

Een week was ze nu weg. Ze duikt wel weer op, zei ik tegen mezelf, maar ik geloofde het zelf niet. Ik wilde het niet tegen mijn ouders zeggen omdat ik hun commentaar op Vlinder niet wilde horen.

Ik zat thuis op mijn kamer. Alleen. Zelfs op msn was bijna niemand.

'Zal ik weer eens meegaan naar het veldje?' had ik die middag uit pure ellende en verveling aan Gita gevraagd.

'Waarom?' antwoordde ze kil. 'Verveel je je? Is het uit met je vriendinnetje?'

'Dan niet.'

Ineens had ik niets meer. Ik kon niet meer terug naar mijn vroegere veilige leventje. Misschien had iedereen van het veldje mij wel geblockt op msn. Nou, dacht ik boos, dan wilde ik hen ook niet meer! Mijn leven weer precies als vóór Vlinder? Ik moest er niet aan denken! En naar dat domme schoolfeest hoefde ik ook niet. Ik wilde reizen met Vlinder.

Maar ik was haar kwijt. Dat was het allerergste. Voor altijd kwijt, dacht ik.

En toen… toen kreeg ik op msn een bericht van haar.

<u>Vlinder@hetnet.nl</u> iserweer :) Ha Susanne. Wil je weten waar ik ben? Kom vrijdag om 8 uur naar het plein in het centrum. Vertel ik je alles.

Hé Vlin!!! schreef ik direct terug. Te gek om je weer te zien! Waar ben je?

<u>Vlinder@hetnet.nl</u> iserweer :) is nu offline, meldde mijn

beeldscherm en zo bleef het. Maar dat gaf niet. Vlinder was er weer! Wat er ook gebeurd was, alles zou uiteindelijk goed komen!

We konden nog steeds vasthouden aan ons plan. Zaterdag zou ik werken. Zondag misschien ook. Maar dan, op maandagochtend, als mijn ouders in de winkel waren, konden we in de ochtendspits met onze duim omhoog langs de snelweg staan. Utrecht, Breda, Antwerpen, Brussel, Dijon, Lyon, Marseille. We zouden wel zien hoe ver we kwamen. 's Avonds zou ik mijn ouders bellen. Ze zouden kwaad zijn, teleurgesteld misschien, daar dacht ik liever niet over na, maar ik zou zorgen dat ze niet ongerust hoefden te zijn.

Toen dacht ik aan oma. Ik vertrok heus niet als oma nog in het ziekenhuis lag! En toch wilde ik echt weg! Met Vlinder!

Die donderdag en vrijdag was ik verschrikkelijk vrolijk en opgewonden. Mijn vrolijkheid was aanstekelijk. Op school deden we weinig meer - de proefwerken waren achter de rug - en ik kletste honderduit met Gita, Meike en Merel. Gita deed weer redelijk aardig en ik lachte om al haar grapjes. Ik geloofde ook niet meer dat iedereen mij op msn geblockt had. Dat was gewoon toeval geweest.

Ik hielp mijn moeder met koken en schoonmaken. Ik hielp Daan met zijn huiswerk. Ik kocht bloemen voor oma en zat twee middagen een uur lang naast haar bed in het ziekenhuis.

Toen was het eindelijk vrijdagavond, tien voor acht. Ik zette mijn fiets bij het station en liep gespannen naar het bankje op het plein waar we - een week of zes eerder - samen gezeten hadden. Het bankje was vrij. Ik was behoorlijk bang dat Vlinder boos op mij was, maar een gevoel van opwinding overheerste. Alsof ik een date had met een leuke jongen. Nee, meer dan dat. De vriendschap met Vlinder was mij veel meer waard.

In de winkelende mensenmassa speurde ik naar haar, maar er was niemand die ook maar in de verte op haar leek. Ik zag Jesse uit een muziekwinkel lopen. Snel keek ik de andere kant op, maar hij had mij al in de gaten en kwam op me af.

'Hoi Susanne.'

'Hoi.'

'Wat doe je?'

'O, niks.'

Hoepel op, dacht ik.

Hij ging naast me zitten. Hij opende een plastic tas en liet een dvd zien. 'Kijk, heb ik gekocht.'

Ik keek opzij - 'Leuk' - en keek weer voor me uit.

Zwijgend zaten we naast elkaar. Dit was stom. Ik kon toch gewoon eerlijk zijn tegen hem?

'Ik wacht op Vlinder. Ze was op msn.'

Jesse bekeek me van opzij. 'Ik denk niet dat ze komt.'

'Pff. Wat weet jij daar nou van.'

Hij trok zijn wenkbrauwen omhoog. Ik draaide mijn hoofd van hem weg en staarde naar een groepje jongeren voor de shoarmazaak. Jesse zuchtte hoorbaar. Ik kreeg wat van hem. Stiekem gluurde ik op mijn horloge. Vijf over acht. Dat betekende nog niets.

'Tuurlijk komt Vlinder,' zei ik om ons zwijgen te doorbreken. 'Ze doet wat ze zegt. Altijd.'

Vanuit mijn ooghoeken zag ik dat Jesse opnieuw een tijdje naar me keek. Toen zei hij: 'Weet je zeker dat het Vlinder was op msn?'

'Ja allicht,' zei ik automatisch en begon te blozen. Ik kreeg het verschrikkelijk warm. Mijn lichaam begreep direct wat er aan de hand was, maar het duurde een tijdje voor het tot mijn botte hersens door wilde dringen. Jesses woorden kwamen vertraagd binnen. Ik draaide mijn gezicht naar hem. Vol ongeloof keek ik hem aan. 'Wat? Wil je zeggen dat jij... Heb jij...?!'

Jesse grijnsde.

'Jij hebt dat bericht geschreven?!'

Woedend sprong ik op. Geen Vlinder. Geen Vlinder! Wat was er met haar gebeurd? Ze was van de aardbodem verdwenen! Ik kon haar net zo goed gedroomd hebben. Het was alsof ze nooit werkelijk bestaan had. Tranen brandden achter mijn ogen. Snel liep ik weg. Weg van Jesse. Weg van het bankje. Weg van het plein. Ik wilde naar huis. Ik wilde alleen zijn en heel hard huilen.

'Susanne, wacht!'

Ja, Susánne, dacht ik. Dat stond ook in het msn-bericht. Vlinder noemde mij gewoon Suus. Ik had het door moeten hebben.

Ik ging harder lopen, maar Jesse ook.

'Hé Susanne! Wacht nou! Wat dacht je dat je zelf geflikt had?'

Ik stak het sleuteltje in het slot van mijn fiets en wilde er vandoor gaan, maar voor ik mijn fiets uit het rek kon trekken was Jesse al op de bagagedrager geploft. Pijnlijk stootte ik het bot van mijn heup tegen mijn stuur. Jesse leunde met zijn ellebogen op het zadel en keek mij aan. Zinloos trok ik aan het stuur.

'Ga van mijn fiets af.'

'Heb jij je soms niet voor míj uitgegeven op msn?!'

Ik beet op mijn lip. 'Dat is zo, maar...'

Opeens waren de tranen niet meer tegen te houden. Ik

draaide mij een kwartslag om. Niemand hoefde dat te zien. Jesse stak zijn hand uit en pakte mijn bovenarm beet. Voor het eerst sinds ik hem kende, raakte hij me aan. Ondanks mijn verwarring en mijn boosheid was ik me daar heel erg bewust van. Het werd warm op mijn huid. Onder zijn hand, onder mijn jas. Ik voelde me verschrikkelijk rot en een klein beetje prettig tegelijk.

'Hé Susanne. Sorry hoor. Ik wilde je even terugpakken. Dus ik bedacht wat voor jou het belangrijkste was.'

'Goed gelukt,' snotterde ik.

'Blijf nou niet boos. Jij hebt mij genaaid en ik jou. Klaar.' Even omklemde zijn hand mij steviger. 'Ga je mee naar 4U2B?'

'Ik ga nooit meer naar 4U2B!' riep ik uit.

'Hè?'

'Ja. Bling en Killah zijn natuurlijk vet pissig op mij!'

Jesse liet mijn arm los. Jammer, dacht ik.

'Nee hoor,' zei hij. 'Ik heb niet verteld dat ik wel wist wie hen had zitten fokken op msn.'

'Echt niet?'

Ik keek hem aan. Hij schudde zijn hoofd. Hij had net zulke eerlijke ogen als Vlinder. Ik wist dat hij de waarheid sprak.

'Wat is er dan gebeurd die avond?' vroeg ik kleintjes.

Jesse lachte. Het klonk een beetje honend. 'Jij denkt dat jongens alles met vechten oplossen.'

'Niet dan?'

'Ik kreeg een knal op m'n schouder van Bling. Dus ik zeg: "Hé man, relax, wat is er?" Hij zei dat ie mij in elkaar ging beuken omdat ik hem verrot zou hebben gescholden op msn. Maar ik was die hele dag sporten. Dus we begrepen al snel dat er iets niet klopte. We hebben nog even gevochten, maar alleen voor de lol.'

'O,' zei ik. Ik was opgelucht, maar wilde dat niet laten merken.

'En Vlinder?' vroeg ik. 'Heb je gevraagd wat zij met Vlinder hebben gedaan?'

'Nee. Ja. Later. Later heb ik ze gezegd dat zij in elkaar geslagen schijnt te zijn…'

'Schíjnt?!' onderbrak ik hem.

'Sorry… maar zij weten écht van niks hoor. Ze zijn al voor enen bij haar weggegaan.' Jesse ging op het zadel van mijn fiets zitten. 'Kom achterop. Krijg je wat te drinken van me in 4U2B.'

'Oké,' zei ik. Wat moest ik anders.

Als Bling, Killah en Wacko niet degenen waren die Vlinder hadden toegetakeld, dan… Ik maakte mijn gedachte niet af.

Voorzichtig hield ik mij vast aan Jesses jas.

'Heb ik erge huilogen?' vroeg ik toen we naar de ingang liepen. Ik klonk onzeker. Ik haatte dat.

'Mwah, valt mee,' zei Jesse. 'Maak je niet druk.'

Hij sloeg een arm om mijn schouders toen we naar binnen gingen.

'Hè hè,' riep het meisje achter de bar. 'Ik vond jullie al zo lang bij elkaar passen. Eindelijk!'

Jesse reageerde niet. Ik ook niet. Het was gewoon aardig, die arm. Meer niet. Of wel? Wílde ik dat het meer was? Hoe moest ik dat weten? De arm voelde zwaarder.

'Hé!' riep Bling die net binnenkwam. Hij had vast de woorden van het meisje gehoord. 'Hé! Ik dacht dat jullie niet…' Zijn ogen stonden dof. 'Of wel?'

'Hal-lo!' riep ik uit. 'Je mag toch wel je arm om iemand heen slaan! Het zijn de middeleeuwen niet meer!'

Jesse leunde nu zo ongeveer op me.

'Ik zei alleen maar...' Bling maakte zijn zin niet af. Hij keek zo beduusd dat ik meteen: 'O sorry' zei.

Bling lachte weer. 'Die Sicky!' riep hij en sloeg me op mijn schouder.

'Wil je wat drinken?' vroeg Jesse.

Zonder mijn antwoord af te wachten liet hij me los en liep naar de bar.

Ik bleef achter met Bling. 'Sorry' wilde ik herhalen. Sorry voor alles wat ik over jou gedacht heb. Maar tegelijk lukte het me niet om hem weer te zien als vroeger, als de leuke coole Bling. Iets van mijn afschuwelijke ideeën bleef aan hem kleven. Hij had het kúnnen doen. In de grote steden gebeurden die dingen om de haverklap. Door jongens als Bling en Killah. Vorige week was het nog op het nieuws.

Ik kreeg het benauwd van mijn gedachten. Ik schaamde me. Ík was slecht. Bling had helemaal niets gedaan.

Maar, zei een stemmetje, dat weet je niet zeker. Want wie had het dan wel gedaan?

Ik werd gek van mezelf.

Ik wist niets te zeggen en stond daar maar, lang, dun en slungelig. Wie ooit gezegd had dat ik een fotomodellenfiguur had, had me leuk weten te paaien. Ik was een slingeraap die zich niet durfde te bewegen. Alles was veranderd. Niets was er meer over van de elektriciteit die tussen ons gevonkt had. Er lag een trieste sluier over Blings gezicht. Ik wilde het niet zien. Kwam Jesse maar snel terug.

'Hé Sicky,' zei Bling. 'Even een paar matties opzoeken.'

Ik knikte en glimlachte krampachtig. Ik was blij dat hij er vandoor ging. Hij vond me vast een trut. Zonder Vlinder was ik dat ook. In m'n eentje was ik helemaal niet stoer en zelfverzekerd.

Na één spelletje tafelvoetbal met Jesse zei ik dat ik naar huis ging. Ik was moe. Verschrikkelijk moe. Jesse knikte. Zonder erbij na te denken reikte ik mijn gezicht naar hem. We gaven elkaar een zoen op de mond. Niets meer. Niets minder.

'Dag,' zeiden we tegelijk en we lachten naar elkaar. Toen ik wegliep voelde ik dat hij mij nastaarde. Ik draaide me om, keek in zijn ogen en liep snel door.

Toen ik naar huis fietste was ik opgelucht en blij en teleurgesteld en verdrietig en bang. Alles tegelijk.

20

Ik ging meteen naar bed. Zodra mijn hoofd het kussen raakte, sliep ik, maar 's nachts begon ik te hoesten en te snotteren. De volgende dag zou ik werken. Tollend op mijn benen schonk ik 's ochtends in de keuken een kop thee in. Mijn neus zat verstopt en mijn keel was dik. Mijn moeder zei dat ik maar in bed moest blijven. Ze dacht dat ik griep had.

Het weekend bracht ik slapend door. Pas toen, ergens tussen slapen en ontwaken, bedacht ik dat als Vlinder níet door Bling en zijn maten gepakt was, er maar één ander kon zijn die dat gedaan had. Fred! Dat ik niet meteen aan hem gedacht had! Die engerd!

Moest ik niet naar de politie gaan? Haar als vermist opgeven? Ze was nu al dagen weg!

Ik droomde veel en elke keer over Vlinder. Geen enkele droom kon ik me herinneren, maar ik wíst dat het over haar ging. Een vaag angstig gevoel bleef ergens in mijn lichaam hangen. Met open ogen probeerde ik de droombeelden terug te halen. Telkens zag ik vanuit een ooghoek een flard, maar zodra ik mijn blik er helemaal op richtte was het weg. Als een schuw diertje dat zijn best deed zich voor mij verstopt te houden.

Ik moest haar uit mijn hoofd zetten.

De berg vol gesnoten tissues naast mijn bed groeide.

'Het heerst,' zei mijn vader. In de supermarkt waren ook weer eens zieken. Allebei mijn ouders moesten het weekend daarom werken. Ook Gita werkte.

'Het is toch zo'n aardige meid,' zei mijn moeder zondagavond. 'Ze vertelde dat ze vrijdagmiddag met een stel van school naar de film gaat. Ze hoopte dat jij ook meeging.'

'Zal wel.'

'Ze zei het toch?'

'Niet tegen mij.' Ik trok mijn neus op. 'Bleh. Gita.'

'Doe niet zo flauw.'

'Waar gaan ze naar toe? Bambi?'

Mijn moeder zuchtte overdreven en zweeg.

'Ik weet niet of ik er zin in heb,' zei ik.

'Natuurlijk ga je,' zei ze. 'Je moet een beetje meedoen, hoor.'

'Bemoei je er niet mee.'

'Volgens mij ben je ook al bijna weer beter.'

Nu zuchtte ík. Maar mijn moeder had, wat dat laatste betreft, gelijk. Het was gewoon vermoeidheid geweest. Na een weekend slapen was ik niet ziek meer.

Dinsdag moest ik weer naar school om boeken in te leveren. Maar de gedachten aan Vlinder waren er nog volop. En daardoor kon ik weinig hebben. Het was net liefdesverdriet. Tegelijk bleef mijn moeder over van alles zeuren. Over het schoolfeest en dat ik een jurk moest kopen en dat ik meer contacten in mijn klas moest zoeken en weer eens met Gita naar het veldje moest gaan.

'Rot op!' kon ik opeens schreeuwen. Ik sloeg met deuren. Stampte de trap op. Trok me terug.

'Een echte puber,' zei mijn moeder geregeld.

'Lekker makkelijk hè,' reageerde ik. 'Hoef je me lekker niet serieus te nemen.'

'Vertel dan wat er is?'

'Niets!'

'Een echte puber,' lachte mijn vader vervolgens. 'Nog een paar jaar, dan is het over. Even doorbijten, Marga.'

In 4U2B vond ik het niet zo leuk in m'n eentje. Sinds Vlinders verdwijning wist ik niet meer hoe ik met Bling om moest gaan. Ik probeerde hem te ontlopen. En Jesse was een vriend, maar geen verkering. Vaak hing hij de halve middag met een stel jongens boven zijn brommer. Niks aan.

Dus besloot ik - toen Gita het zélf aan mij vroeg - maar mee te gaan naar de film. Ik moest toch wat. Ik wilde het nauwelijks aan mezelf toegeven, maar ik was opgelucht dat ze me nog wilde. Al had ik tegelijkertijd het vervelende gevoel dat ik weer helemaal terugkeerde naar het veilige wereldje van 'onze kant,' ons veldje, onze klas - waar geen Blings en Wacko's en Vlinders waren.

Vlinder... Steeds bedacht ik hoe het had kúnnen zijn. Nu hadden we in Zuid-Frankrijk kunnen zitten, dacht ik. En dan zag ik Vlin en mij bij ons tentje of aan het werk op een zonnig terras of ergens in een groen veld, of op het strand of in een discotheek... De mogelijkheden waren eindeloos.

Vlinder was nu veertien dagen weg. Ik had het mijn ouders eindelijk verteld. Ze vonden het vreemd. Heel vreemd. En zorgelijk.

'En die taxichauffeur? Is die ook weg?'

'Nee.'

'Misschien is er iets gebeurd.'

Na het weekend zou ik samen met mijn moeder naar de politie gaan.

Die vrijdag was best gezellig. De film was spannend, daarna aten we een patatje en toen wilden Merel en Meike nog wat drinken in de korfbalkantine.

Toen ik later achter Gita en Meike naar huis fietste, bedacht ik dat het misschien wél mogelijk was om in verschillende werelden te leven en het in verschillende werelden naar mijn zin te hebben.

21

Ik stapte die vrijdagavond de woonkamer binnen via de tuindeur. Daan lag op zijn buik op de bank met zijn neus in de tv-gids en de afstandsbediening in zijn hand. De tv stond aan, maar het geluid was zacht. Mijn moeder stond met haar rug naar mij toe in de keuken en schonk een glas wijn in.

'Hallo,' zei ik terwijl ik de deur achter mij dichttrok.

Ze draaide haar hoofd naar mij. 'Ha Suus.'

Het volgende moment stond ik als bevroren aan de grond. Mijn hand nog op de deurklink. Mijn voeten op de deurmat. De kamer met mijn moeder, Daan en mezelf was een stilgezet beeld. Er was alleen de tv. Op tv een foto van een meisje. Een lachend meisje met grote grijsblauwe ogen en blonde en roze dreads. Vlinder.

Mijn bevriezing duurde niet langer dan een seconde. Toen kwam ik in actie. Ik rende op Daan af, rukte de afstandsbediening uit zijn hand, hoorde in de verte zijn verontwaardigd 'Súkkie!', flitste de tv naar een ander net - dit ging mijn moeder en broertje NIETS aan - liet de afstandsbediening op de bank vallen en holde de trap op.

'Suus!' riep mijn moeder. 'Wat is er, Suus?'

Mijn oren suisden. Haar stem kwam uit een andere wereld. Ik holde door - Vlinder! Wat was er met Vlinder! - de volgende trap op, kamerdeur open, tv aan, zender zoeken. Mijn adem zat in mijn keel.

Een vriendelijke maar tegelijk afstandelijke vrouwenstem vertelde een verhaaltje: '...ochtend van 17 april vertrekt de 16-jarige Marieke Jongejan van haar ouderlijk huis naar school, maar hier verschijnt zij niet. Haar moeder en stiefvader geven haar als vermist op. Op 26 april meldt Marieke zich bij Bureau Jeugdzorg te Utrecht. Na een gesprek met Marieke en haar ouders wordt Marieke in een crisisopvang in Utrecht geplaatst.

Anderhalve week later, op 5 mei, loopt Marieke opnieuw weg. Sinds die dag is geen levensteken van Marieke zelf vernomen. De politie heeft niettemin reden om aan te nemen dat Marieke zich ophoudt in Amsterdam. Mariekes moeder vreest dat haar dochter contacten heeft met loverboys.'

Marieke? dacht ik. Marieke?!

De presentatrice liep met de microfoon in haar hand naar een vrouw in het publiek. De vrouw was te blond. Te dik. Te zwaar opgemaakt. Ze leek in de verste verte niet op de vrouw van de foto die Vlinder me ooit had laten zien.

'Wat zou u tegen Marieke willen zeggen?'

'Ma... Marieke...' zei de vrouw met trillende stem. Meteen herkende ik die stem. Het Brabantse accent. De zachte g. Ik kreeg het er benauwd van. '...kom asjeblieft terug... Wij... wij zijn niet... zijn niet boos...'

Vlinders mooie lage stem, maar dan bibberig. Een zwarte mascaratraan biggelde over de wang van de vrouw en trok een poederspoor.

Mijn keel schroefde dicht.

De man naast de vrouw boog zich naar de microfoon. Zijn Amsterdams geluid schalde door de microfoon. 'Laat wat van je horen, Mariek. Want je moeder gaat er kapot aan.'

Het beeld zoomde weer uit. Op de voorgrond was de presentatrice in haar mantelpakje. Op de achtergrond het publiek. Daarachter de grote foto van Vlinder.

'Hebt u Marieke de afgelopen weken gezien of weet u waar zij verblijft, neemt u dan contact op.' Een uitgebreid signalement en telefoonnummer volgden. Toen verscheen een foto van een man van middelbare leeftijd in beeld. 'Een vader van twee kinderen is sinds twee maanden spoorloos,' ging de presentatrice verder. 'Leeft hij nog?'

Ik zette mijn televisie uit. Ging op mijn rug op bed liggen. Marieke? bleef ik maar ongelovig denken. Marieke?! Amsterdam? Loverboys? Marieke?! Verder kwam ik niet. Ik stond op. Ik moest wat doen. Wat kon ik doen? Ik ging weer zitten. Steunde met mijn gezicht in mijn handen. Ik voelde tranen achter mijn ogen. Vlinder leefde nog. Alsof ik gedacht had dat ze ergens dood in een verlaten bos lag.

'Heb je het gezien, Suus?' Opeens stond mijn moeder in mijn kamer.

'Ja,' zei ik. Zij ook dus.

Ze kwam naast me op bed zitten.

'Ze is gewoon van huis weggelopen,' zei mijn moeder. Er klonk verontwaardiging in haar stem. 'Dat verhaal van die ouders in China... '

'India.'

'... India, dat hele verhaal is niet waar. Ik kon het me al niet voorstellen.'

Ik dacht aan de foto van haar ouders die ze me had laten zien en aan de ansichtkaart uit Zuid-India.

'Jij hebt nog altijd geen idee waar ze is, hè?'

Ik haalde mijn schouders op. 'Misschien wel in Frankrijk.'

'Frankrijk?!'

'Weet ik veel.'

'Moet ik nu naar dat programma bellen?' vroeg mijn moeder voor zich uit.

'Ben je gek?' stoof ik op. 'Je gaat 'r niet verraden, hoor!

'Dat ze zolang in deze plaats geweest is, is misschien ook handige informatie.'

'Hou op!' riep ik. Ik sprong overeind. 'Hou op!'

'Oké, oké. Als jij niet wilt dat ik bel, zal ik dat niet doen.'

Ik plofte weer terug op bed. Het was een tijdje stil. Ik beet aan een velletje langs mijn nagel, trok eraan tot het ging bloeden.

'Jíj hebt toch geen contacten met loverboys?'

'Doe niet zo dom! Ik heb zelfs nog nooit een cadeautje gehad van een jongen.' Het klonk onnozel. Boos. Mijn moeder glimlachte. Heel irritant.

'Ik wil weten waar Vlinder is,' zei ik.

'Ze heet niet eens zo,' zei mijn moeder.

'Wat doet dat er nou toe! Ze heeft nooit gezegd dat Vlinder haar echte naam is!'

Het bleef weer stil.

'Jij hebt gewoon een hekel aan haar,' zei ik.

'Nou, een hékel...'

'Jij geeft haar de schuld van oma's hersenbloeding.'

'Hoe kom je daar nou bij?'

'Dat zei je...'

'Ik zei... Ik weet niet meer wat ik zei, maar ik vond het maar niets dat ze ongevraagd in oma's huis zat en ongevraagd met de ambulance meeging. Ik was inderdaad niet echt gecharmeerd van haar. Ik vond het een brutaal type, ja.'

Ik zuchtte hard.

'Heeft oma niet van schrik een hersenbloeding gekregen?' vroeg ik toen.

'Nee. Ik geloof niet dat je dat van schrikken kunt krijgen.'

Ik wilde mijn opluchting niet laten zien.

'Ik wil weten waar ze is,' herhaalde ik daarom maar weer. 'Wat jij ook van haar vindt. Ze is míjn vriendin.'

'Volgende week zullen ze er in het programma wel op

terugkomen. Wie weet is er dan meer bekend. Volgens mij kan je nu alleen maar afwachten.'

Ik knikte. Ik wilde niet afwachten. Ik wilde op zoek. Mijn moeder legde haar hand op mijn arm.

'Ik vind het rot voor je, Suus. Echt. Ook al vind ik het niet zo'n fantastische vriendin. Ik wou maar dat je een gewóne leuke vriendin had. Maar ik snap best dat je je zorgen maakt. Dat meisje heeft een hoop problemen.'

Vlinder had helemaal geen problemen. Het was haar omgeving die het haar moeilijk maakte! Dat wilde ik zeggen, maar dat zou mijn moeder toch niet snappen.

Wat wist ik zelf eigenlijk van Vlinder? Wie was ze? Kende ik haar wel?

22

Vlinder zat in een jeugdgevangenis! Tenminste, dat werd gezegd in 4U2B. Het gonsde ervan.

'Wat?!'

'Ja, dat zegt Bling. Die heeft het van Wacko of Killah…'

'Nou, verbaast me niks. Zeker gepakt bij een diefstal,' zei iemand.

'Diefstal?'

'Ja, dat zeggen ze.'

'Die meid is knettergek.'

'Killah weet er meer van.'

Killah? Dat vond ik een engerd. Alleen die naam al. Hém ging ik het niet vragen.

'Wat moet ik nu, Jesse?' Ik klonk als een meisje van zes.

Jesse haalde zijn schouders op. 'Iemand zal wel gezegd hebben: "Ze zit vast in een jeugdgevangenis." En nu gelooft iedereen dat. Het hoeft helemaal niet zo te zijn, weet je.'

'Maar wat móet ik dan?'

'Dat tv-programma afwachten. Dat is toch overmorgen al?' Ik knikte. 'Zullen we samen kijken? Kom je naar mij toe?'

'Best.'

'Ha!' riep ik. 'Dan kan ik niet naar het schoolfeest! Dat is óók overmorgen!'

'Die schoolfeesten zijn juist gaaf, man! Daar moet je heen! Dan neem je dat programma toch gewoon op?'

'Ja hal-lo. Echt niet! Ik wil het meteen zien!'

'Nou ja. Dan ga je daarna naar dat feest.'

Er zat weinig anders op.

Mijn moeder had in een etalage in de stad een geweldige jurk voor het schoolfeest gezien. Ze zeurde er al een week over. Ik móest mee. Zij zou betalen. Het hoefde niet eens van mijn kleedgeld. Ze wist dat ik geen zin had in het feest en in een jurk, maar zij deed enthousiast voor twee.

'Echt tóp,' zei ze. 'Waanzinnig.' Ik vond het vreselijk als ze zo praatte.

Ze trok een donkerblauw, bijna paars geval uit het rek. Zuchtend verdween ik ermee in het pashokje. Gooide mijn rugzak (met daarin mijn rapport dat ik vandaag gekregen had maar nog niet had laten zien) in een hoek en sjorde mijn spijkerjack, sneakers, broek en shirt uit. Tot ik alleen mijn onderbroek nog aan had. Ik haatte dit. Haastig, voor mijn nieuwsgierige moeder haar hoofd om het gordijn zou steken, wurmde ik mij in de strakke jurk en stapte het benauwde hokje uit.

Mijn moeder zat op een stoel en lachte. Ze floot zachtjes tussen haar tanden. Ik stak mijn tong naar haar uit en draaide mij om naar de grote passpiegel.

Ik zag er hartstikke chique uit en kon nauwelijks geloven dat ik dat was.

Ik draaide me om en bekeek mijn achterkant. Er zat een lage rug in de jurk. Het was supersexy.

'Prachtig, Suus,' zei mijn moeder.

Ik knikte. Het was een supergave jurk. Ik bekeek mijn voorkant nog een keer. De dunne stof viel soepel. De spaghettibandjes waren cool. En ik had zowaar borsten. In deze jurk leken het échte borsten. Ik lachte naar mijn moeder. En draaide weer voor de spiegel. Ik kon er geen genoeg van krijgen. Ik was mooi! Morgen was het schoolfeest. Opeens kreeg ik er zin in. Al was het alleen maar om deze jurk te dragen.

'Kan je goed hebben hoor, die kleur.' Een verkoopster kwam naast de spiegel staan om mij te bekijken. Verschrikkelijk.

'Je moet er wel een behaatje onder,' zei mijn moeder ook nog. Alsof dat kon met die lage rug.

'Oké,' zei ik en flitste terug het pashokje in.

'Wil ze een andere kleur passen?'

'Nee hoor,' antwoordde mijn moeder. 'Dit wordt 'm.'

Ze rekende af en even later stonden we buiten.

Het was mooi weer. De lucht was hardblauw. Ik knoopte mijn spijkerjack om mijn middel en keerde tevreden mijn gezicht naar de zon. Morgen was ik een mooi meisje op een schoolfeest, dacht ik glimlachend en het volgende ogenblik voelde ik me misselijk.

Ik wilde dit toch niet? Morgen zou ik weten waar Vlinder was. Misschien konden we alsnog op reis. Dát was wat ik wilde.

'Word eens wakker!'

Mijn moeder hield kennelijk al een tijdje de deur van de parkeergarage voor mij open. Snel ging ik er doorheen.

'Waar zit jij met je gedachten?' vroeg ze vriendelijk.

'Dat wil je niet weten.'

Ik droomde. Dat wist ik heus wel. Als Vlinder contact met mij wilde, had ze daar wel voor gezorgd. Dat ze al die tijd niets - helemaal niets - van zich liet horen, zei genoeg.

Jesse deed alsof hij voor de honderdste keer op mijn kamer kwam. Hij keek niet rond. Hij keek niet naar mijn nieuwe posters en niet naar mijn jurk die aan de deur van de kast hing te pronken.

We keken een dvd'tje - een film die we allebei al vaker gezien hadden - tot het tijd was voor het programma. Met veel interesse volgde Jesse de reclames. Toen klonk de begintune.

'Ik denk niet dat ze haar gevonden hebben. Dat ze gewoon ergens bij vrienden is. Wat denk jij?' vroeg ik.

Jesse trok zijn wenkbrauwen omhoog om aan te geven dat hij geen idee had.

'Ik hoop wel dat ze gevonden is,' zei ik.

'Ja, logisch.'

'Ssst,' zei ik, om te voorkomen dat Jesse er doorheen zou gaan kletsen.

'Jíj praat,' zei hij.

Ik reageerde niet, maar hield mijn blik strak op het scherm gericht. De laatste tonen van het muziekje stierven weg. Nu begon het. Het was net alsof ik aan een battle meedeed. Straks zou ik horen of ik door was naar de volgende ronde. We moesten stil zijn. Mochten geen woord missen. Niet bewegen. Concentreren. Dan kwam het goed. De presentatrice kwam in beeld. Ik hield mijn adem in. Gelukkig bleef Jesse ook stil.

Net als de vorige keer verscheen Vlinders foto levensgroot achter het publiek.

'Ze beginnen met Vlinder!' fluisterde ik. Gelukkig, want dit wachten was zenuwslopend.

'Marieke,' zei de presentatrice waarna ze een kleine pauze nam, 'is terecht.'

'Yes!' Opgelucht ademde ik uit.

Er waren vier tips binnengekomen en die hadden samen geleid tot haar opsporing. Haar moeder was niet in de studio. Er werd telefonisch contact gelegd. Er verscheen een beeld van Vlinders moeder uit de vorige uitzending, stilgelegd tussen twee snikken door. Een verkrampt gezicht.

'Hoe gaat het met Marieke?' vroeg de presentatrice haar.

'Ja, heel goed. Best goed. Ze is gevonden in Utrecht.'

Opnieuw schrok ik van de echo van Vlinders stem.

'Maar… zal ze niet weer weglopen?'

'Uh… nou…' zei haar moeder. 'Marieke is nu niet thuis. Ze is uh… ergens uh… waar ze behandeling gaat krijgen. Daarna komt ze weer bij ons wonen. Of misschien op kamers. Maar we zijn heel dankbaar dat Marieke terecht is.'

'Dan wens ik u en Marieke alle goeds voor de toekomst. Ik weet zeker dat jullie het samen gaan redden.'

Het publiek applaudisseerde.

Ik deed de tv uit.

'Nou, mooi toch,' zei Jesse.

'Helemaal niet,' snauwde ik. 'Ik weet toch nog steeds niet waar ze is!'

Ik keek boos voor me uit. Vanuit mijn ooghoeken zag ik dat Jesse me opnam. Toen draaide hij zich een kwartslag om en strekte zijn arm uit. Plotseling landde zijn hand op mijn been.

'Ik help je wel zoeken. Echt.'

Jesses stem was zacht en troostend. Zijn hand was warm en sterk. Ik staarde ernaar. Grote handpalm. Lange vingers. Lichtblonde haartjes. Een echte mannenhand. Oké, dacht ik. Houden zo. Niet weghalen, die hand. Maar hij zou me weer loslaten zodra ik aangaf niet meer boos te zijn. Zeker weten dat hij dat zou doen. Ik slikte. Opeens legde ik mijn hand op de zijne. Van de zenuwen kneep ik een beetje. Wat ik heel stom vond. Daarna lag mijn hand bewegingloos op de zijne. Het werd klam tussen onze handen. Jesse deed niets. Ik deed niets. Ik hield alleen mijn adem in.

De volgende seconden duurden heel lang. In die paar

seconden overdacht ik wat ik kon doen. Ik kon een klapje op Jesses hand geven en vrolijk opspringen. 'Wil je nog wat drinken?' Dan was er niets gebeurd. Ik wist dat dat was wat ik móest doen. Dit was helemaal niet de bedoeling. Ik was toch niet verliefd?

Maar ik kon ook doorgaan. Mijn hand niet weghalen. De spanning opvoeren. Heel langzaam mijn gezicht naar hem toe keren. Hem recht aankijken.

En dat was wat ik deed. En daarmee zette ik Jesse in beweging. Het was alsof het volgende wat gebeurde zíjn initiatief was, maar dat was onzin. Ík zorgde dat hij het deed.

Jesse schoof een stukje naar mij toe. Het bed veerde en kraakte even. Alles ging heel langzaam. In de verte in huis begon de wasmachine op een hogere versnelling te razen. Geluidjes van Daans playstation drongen door de vloer. In mijn kamer zelf was het stil. Ik keek Jesse recht aan. Ik genoot van de spanning. Ik wilde hem. Jesse keek terug. Zijn adamsappel ging op en neer. Mijn lippen voelden droog, maar ik durfde ze niet nat te maken. Eindelijk bracht Jesse zijn gezicht naar het mijne.

Ineens klemden zijn beide armen om mij heen en was zijn mond op mijn mond. Even schuurden onze lippen droog over elkaar, toen drong zijn tong diep naar binnen. Jesse omvatte mij strakker, duwde met zijn hoofd het mijne naar achteren, en drong verder naar binnen. Zijn tong vulde mijn hele mond. Ik snakte naar adem. Duwde terug. Er vond een gevecht plaats tussen onze tongen. Stop! zei de mijne. Weg jij! Beetje rustiger. Nu! Het duurde een tijdje voor Jesse luisterde. Voor hij aannam hoe het beter kon. Eindelijk ontspande hij. Toen zoenden we zacht, plagend, uitdagend. Ik legde mijn handen om zijn hals. Streelde zijn hoofd, zijn haar. Hij rook naar hooi, naar pas gemaaid gras, naar zomer. Ik streelde zijn rug. Hij had een sterke rug. Ik hoorde hoe mijn ademhaling dieper werd. Het was lekker om hem te voelen. Jesse drukte zich tegen me aan. In mijn buik ontwaakte een vlam. Maar meteen daarna maakte hij zich van mij los, gaf mij een kus op mijn wang en trok zich terug. Hij keek me aan. Lachte verlegen.

Ik begon te giechelen. 'Dit had ik niet van te voren bedacht, hoor.'

Jesse stond op. 'Ik heb met Wacko afgesproken. Hij heeft een nieuw onderdeel voor m'n brommer.'

Ik strekte me uit op bed, legde een hand onder mijn hoofd en glimlachte naar hem.

'Dus uh…' Hij pakte zijn jas van de grond en liep in de richting van de deur. Wat? Wilde hij zomaar opstappen? Die was gek! Nu we eenmaal gezoend hadden, durfde ik ineens veel meer.

Ik hief mijn gezicht naar hem en tuitte m'n lippen. 'Eerst een kusje…'

Jesse kwam terug. Toen hij vlak boven mij was, trok ik aan zijn rechtermouw waardoor hij zijn evenwicht verloor en naast mij op bed belandde. Ik zoende hem en begon hem tegelijk te kietelen. Daar bleek hij helemaal niet tegen te kunnen en toen vochten we. Net zo lang tot we met een harde bons van het bed op de grond rolden en ik onder hem lag en geen kant meer uitkon.

'Genade,' eiste Jesse.

'Nooit,' zei ik. Toen zoenden we lang en lekker.

Het was Jesse weer die die lange tongzoen beëindigde met een aantal kleine droge kusjes. Daarna stond hij op. 'Even naar de wc.'

Zodra hij de deur uit was, liet ik mij met een plof en een zucht op bed vallen.

Duizelig kronkelde ik op mijn dekbed. Kon ik dit maar aan Vlinder vertellen!

Ik was niet verliefd, maar het was veel te leuk om níet te doen. Ik wist zeker dat Vlinder dat heel goed zou begrijpen.

Toen dacht ik dat ik Jesses voetstappen op de trap hoorde en snel schoot ik overeind.

Het was mijn moeder. 'Suus, je komt veel te laat voor het schoolfeest! Ga je omkleden!'

Het feest was al om half acht begonnen met een diner. Inmiddels was het half tien.

Mijn moeder ging de trap af en Jesse kwam omhoog. 'Hé,' zei ik tegen hem. 'Waarom ga je niet mee?'

'Als introducé?'

Ik liet een stiekeme blik over Jesse glijden. Hij had bepaald geen galakleding aan, maar hij was ouder en stoer en lief tegelijk. Ik zou indruk maken op mijn klasgenoten.

'Ja. Wil je dat?'

Jesse knikte. ''t Is toch gala? Ga ik even langs huis om me om te kleden.'

23

Een kwartier later belde Jesse alweer aan, maar mijn vader was mij voor en deed open.

'Nou nou, daar kunnen we onze dochter wel aan meegeven!' hoorde ik hem op een voldaan toontje tegen Jesse zeggen. 'Kom binnen, jongeman.'

Ik haastte mij de trap af voor hij nog meer verschrikkelijks kon zeggen. In mijn lange paarsblauwe jurk voelde ik mij als een high-schoolmeisje in een zoete Amerikaanse film. En net als in zo'n film moest mijn vader zo nodig zeggen: 'Ach, wat heb ik toch al een grote dochter en wat ziet ze er beeldschoon uit!'

Toen hij zich weer tot Jesse richtte, maakte ik een braakgebaar achter zijn rug, maar Jesse zag het niet.

'Vind je haar ook niet bijzonder mooi?' vroeg mijn vader hem.

'Pahap!' riep ik uit. 'Doe normaal!'

Arme Jesse. Hij had zijn haar met gel strak naar achteren gedaan. Zijn oren waren zichtbaar en rood. Ik duwde hem naar buiten.

'We gaan. Doeg!'

Ik trok mijn jurk omhoog en sprong achterop bij hem op de fiets.

'Lachen, jij in een pak. Ziet er goed uit, hoor. Onher-ken-baar.'

Jesse droeg een wit overhemd met een colbert en een donkerrood strikje.

'De mouwen zijn alleen te kort geworden.'

En het jasje ruikt muf, dacht ik.

'Geeft niet,' zei ik.

Het feest was in de aula. Er stonden grote luidsprekers opgesteld. Er was een dj. Er hingen gekleurde flikkerende lampjes die wisselend een rode of groene gloed verspreidden.

Iedereen zag er heel anders uit in de lange jurken en nette pakken. In de hoek was een bar waar drie docenten achter stonden. Ik zag Gita, Meike en Merel bij een groepje jongens uit een parallelklas. Gita had haar lange haren in een kunstige knot gebonden. Ze zag ons. Snel pakte ik Jesses hand vast. Zo stonden we een tijdje rond te kijken. Tot Jesse vroeg of ik wat wilde drinken. Hij liet mijn hand los en vertrok naar de bar.

Vier meiden begonnen te dansen. De jongens hingen ongeïnteresseerd aan de kant. Ik keek ernaar en in een flits was die meiavond van twee maanden geleden terug. De eerste keer dat ik Vlinder zag. Op de dansvloer van 4U2B. Ik had nog nooit iemand zó zien dansen. Zo mooi.

Misschien zat ze nu ergens ver weg in een instelling. Vlinder kon gekke dingen doen, maar ze zat heus niet tussen criminelen in een jeugdgevangenis, zoals in 4U2B beweerd werd. Ik vroeg me af of ik haar ooit nog terug zou zien. Of ze míj terug wilde zien. Niet aan denken nu, dacht ik daarna. Láchen.

Twee meisjes schudden met hun borsten en billen. Het sloeg nergens op. Wat een flutfeest.

Waar was Vlinder? Ergens waar ze behandeling krijgt. Waar dan? Waar dan?!

Waar bleef Jesse nou? Ik zag hem een eindje verderop bij een paar jongens uit Havo 5. Ik liep erheen.

'…cilinder te koop?'

'Ja man, cilinders, carburateurs, sproeiers… de hele handel.'

Tjonge, dacht ik. Is dat echt het enige waar die jongens over kunnen praten?

'Hier.' Jesse gaf mij een glas cola.

Het smaakte heel apart.

'Lekker?' vroeg de jongen die naast Jesse stond. Hij hield zijn colbert een stukje open.

Ha! Ze hadden sterke drank meegesmokkeld! In plastic flaconnen in de binnenzak van hun jas. Ik lachte en stak mijn duim omhoog.

Om beurten gingen we naar de wc en schonken het bij in onze cola.

De drank verwarmde me. Het hielp om vrolijk te worden, om gek te doen, mee te doen, zoals mijn moeder vaak zei. Vlinder was weg. Maar ik bleef lachen. Al zag ik haar nooit meer.

Ik ging om Jesses nek hangen. 'Ik heb nog een slow van je tegoed. Weet je nog?'

'Ja dahag. Mij krijg je de dansvloer niet op.'

'Dan doen we het hier.'

Ik schuifelde heupwiegend tegen hem aan. Er werd gelachen. Ik lachte. Jesse lachte en sloeg zijn armen om mij heen.

Ik gaf een halfvol glas cola aan iemand en kreeg het even later tot de rand gevuld weer terug. Ik dronk en proestte. De stemmen om mij heen begonnen te gonzen. Te zoemen. De muziek stond wel erg hard. Ik voelde het bonzen in mijn borstkas.

Ik zag Gita en Merel en Meike met z'n drieën op de dansvloer. Ze kletsten meer dan dat ze dansten. Ze zagen er grappig uit. Ze keken naar mij en vooral naar Jesse en ze zwaaiden vrolijk. Ik lachte terug. Het was best lollig allemaal.

Ik sloeg een arm om Jesse heen en schreeuwde: 'Je bent lief.'

Hij zei wat terug. Ik verstond het niet, maar ik zei: 'Ja.'

Ik wilde lachen. Ook al was Vlinder er niet. Ik dronk nog wat meer. En miste haar. Ze had me niet geschreven. Ik was een gepasseerd station voor haar. Maar ik bleef lachen. Echt wel. Lachen. Kon mij het schelen.

Het was opeens half twee en toen eindigde het feest al. Jesse bracht me naar huis. Met veel te grote stappen voor mijn elegante jurk liep ik wankelend en rillend naast hem naar het fietsenhok. Loop normaal, dacht ik, maar dat was ineens niet eenvoudig meer.

'Hier trek mijn colbert maar aan.'

Ik hield Jesse stevig vast achterop de fiets. Mijn armen om zijn middel.

'Je rijdt niet recht meer, joh,' zei ik. De straat begon te golven.

'Ho,' zei ik. 'Ik word misselijk. Een beetje misselijk.'

'Je gaat toch niet overgeven, hè?'

'Nee, natuurlijk niet. Wat denk jij nou.'

Maar het golven van de weg werd erger en erger. 'Stop even,' zei ik.

Ik gleed van de bagagedrager, bukte en kotste tegen de stoeprand. In drie lange krampen keerde mijn maaginhoud zich naar buiten. Spatten belandden op de rand van mijn jurk.

Ik kwam overeind en veegde mijn mond af met de palm van mijn hand. Jesse stond een stukje verderop met de fiets aan zijn hand te wachten.

'Gaat het weer?'

Hij keek een beetje vies.

'Ja. Ja, het gaat al weer.'

Ik had een zure smaak in mijn mond. Ik wilde dat ik mijn mond kon spoelen.

Zwijgend reden we verder.

Voor onze huisdeur stopte Jesse, nogal abrupt, waardoor ik bijna van de fiets viel.

Hij gaf me een zuinig kusje, wreef even over mijn rug en vroeg zijn colbert terug. Ik duwde mijn sleutel in het slot, riep 'Dahag' tegen Jesse die 'Sssst!' antwoordde en strompelde zo zachtjes mogelijk de trap op.

Laat ze niet wakker zijn, dacht ik. Geen: 'Suusje, was het leuk? Vertel eens.' Alsjeblieft niet. Laat ze slapen. Ik plofte in de badkamer op de wc en bleef een hele tijd voorovergebogen zitten tollen.

Toen dacht ik: Het is één avond aan geweest met Jesse. Nu is het uit. Wedden? Hij is gevlogen. Net als Vlinder. Nou ja, ze doen maar. Iedereen doet maar. Het kan me allemaal niets schelen.

Ik strompelde zo stil mogelijk de tweede trap op naar mijn zolderkamer. Zonder het licht aan te doen, liet ik mij op bed vallen. Ik sloot mijn ogen maar alles begon te draaien. Ik deed ze weer open en zag het dakraam op mij afkomen. Ik beloofde mezelf dat ik nooit meer zou drinken.

Nooit meer zoveel.

24

'Ik weet waar Vlinder zit!' riep Jesse de volgende dag door de telefoon. 'Ben zo bij je.'

'Jee man, schreeuw niet zo!' gilde ik terug - mijn hoofdpijn was nog niet helemaal gezakt - maar Jesse had al opgehangen. Een kwartier later zat hij weer naast mij op mijn bed. 'Ik zou toch helpen?' zei hij toen hij mijn verbaasde gezicht zag.

'Ik was gisteravond nog even in 4U2B. Zag ik Killah. Ze heeft hem gebeld vlak voor ze naar een jeugdgevangenis gebracht werd.'

'Killah? Heeft ze Killah gebeld?!' Hem in plaats van mij. Dat was het eerste wat ik dacht.

'Ja, boeien,' zei Jesse. 'Daar gaat het niet om.'

'Nee, maar een jeugdgevangenis, dat geloof ik echt niet hoor.'

'In Groningen.'

'Groningen?! Ze stoppen haar toch niet in Groningen!'

Of deden ze dat expres? Zo ver weg als mogelijk was?

We zochten het telefoonnummer en belden op. Het Poortje, zo heette de jeugdgevangenis.

'Marieke Jongejan... Ik zie die naam niet,' zei de telefoniste. 'Maar daar mag ik eigenlijk niets over zeggen. Wat bent u van haar?'

'Een vriendin.'

'En ze zou hier geplaatst zijn?'

'Ja.'

'Nee hoor, ik kom die naam niet tegen.'

Boos gooide ik de telefoon op mijn bed. 'Zie je nou wel.'

Jesse sloeg een arm om me heen.

'Leuk dat jij lief doet zodra ik boos word,' zei ik. 'Daar word ik vast niet aardiger van.'

Het was echt zo. Hij had me nog helemaal niet aangeraakt. Ik had hem binnengelaten, maar hij was zonder me een zoen te geven doorgelopen naar boven. Deze arm om mij heen was het eerste wat ik voelde.

Jesse liet me los, stond op en zette mijn computer aan.

'Kom op,' zei hij terwijl hij erachter plaatsnam. 'We zoeken in de cd-foongids gewoon alle jeugdgevangenissen in Nederland en bellen die. Zoveel zullen er toch niet zijn. Je moet ergens beginnen.'

Ik was blij met Jesses voortvarendheid. Maar het was minder eenvoudig dan het leek. Onder 'jeugdgevangenis' vonden we niets. Onder 'gevangenis' ook niet. Dankzij mijn vader ('Zou je dat nu wel doen? Waarom laat je het er niet gewoon bij?') kwamen we er achter dat we moesten zoeken onder 'justitiële jeugdinrichtingen' en dat we makkelijker gewoon het zoekprogramma konden gebruiken.

Ook toen was het nog lastig.

Ik vroeg: 'Zit Marieke Jongejan hier?'

'Wij verstrekken geen informatie over hier geplaatste pupillen,' antwoordde een koele vrouwenstem. Het waren bijna altijd vrouwen die de telefoon opnamen. Bitch!

Bij de volgende instelling vroeg ik daarom: 'Ik wil een brief sturen aan Marieke Jongejan. Kunt u mij vertellen op welke afdeling zij zit?'

'Moment….' Zoek zoek… 'Hoe was de naam, zei u?'

'Marieke Jongejan.'

'Jongejan… kunt u dat spellen…'

'J, O, N…'

'Weet u zeker dat zij hier geplaatst is?'

'Uh… ja.'

'Nee hoor, ik kan haar hier niet vinden.'

Het duurde eindeloos.

Maar opeens antwoordde een vrouwenstem: 'Ja hoor. U kunt de brief sturen naar groep Berberis. Postbus...'

Ik schrok ervan. Ineens was het echt waar. Vlinder zat echt in een jeugdgevangenis!

'Sorry. Ik had geen pen. Kunt u het nog een keer zeggen?'

Het adres werd herhaald. Daarna wilde de telefoniste de verbinding verbreken.

'Uh... mevrouw? Ik wil eigenlijk op bezoek komen. Wanneer kan dat?'

Ze ging me doorverbinden met de groepsleiding. Ik gebaarde Jesse dat hij mee moest luisteren. Ik hield de telefoon een eindje van mijn oor. Tuut... tuut... tuut...

'Met Marjolein.'

Marjolein vroeg of ik op de bezoeklijst stond. Bezoeklijst? Kunt u mij daar op zetten? Nee. Marieke moest dat opgeven. Dan zou haar gezinsvoogd uitzoeken of het om een gewenst contact ging. Mijn handen begonnen te zweten. Dán, zei Marjolein, werd dat besproken in een behandelvergadering. En áls ik dan op die lijst stond, kon Maríeke een afspraak met mij maken. Twee keer per week gedurende tien minuten kon ze bellen. Eén keer per week was er bezoek. Maar de eerste zes weken was dat alleen voor directe familie. Afhankelijk van in welke fase, in welk traject ze zat. Sommige meisjes mochten pas na drie maanden bezoek ontvangen.

'O,' zei ik. 'Ja. Oké. Bedankt.'

'Shit,' zei ik tegen Jesse. 'Wat moet ik nu doen?'

Ik begreep er niets van.

'Je moet Vlinder een briefje sturen. Dan kan zij het regelen,' zei Jesse.

Jesse kon misschien minder goed leren dan ik, maar hij was zoveel praktischer! Zonder hem had ik het al lang opgegeven. 'Doe het maar meteen,' zei Jesse.

Ik zocht beneden in de la waarin mijn moeder ansichtkaarten bewaart. Ik kon kiezen tussen Jip-en-Jannekekaarten of kaarten met boeketten bloemen. Jip en Janneke dus.

Aan Marieke Jongejan, begon ik te schrijven. Het was net alsof ik haar uitlachte. Alsof ik schreef: 'Ik ben er lekker achter gekomen hoe je echt heet.' Voor mij bleef ze Vlinder. Dat ze niet echt zo heette, was niet belangrijk.

Het adres. Toen het moeilijkste.

Lieve Vlin,

Mijn pen bleef boven de kaart hangen.

'Wat moet ik schrijven?'

'Dat je bij haar op bezoek wilt komen. Dat zij dat moet regelen. Verder niks.'

Ja hoor.

Ik ben heel heel erg blij dat ik eindelijk weet waar je bent! Ik heb mij zo ongerust gemaakt.

'Ja mam,' hoorde ik Vlin al lachen.

Vind je vast overdreven, maar het is echt zo.

'Pff. Ik schrijf allemaal stomme dingen. Ik ga een nieuw kaartje pakken.'

'Nee!' zei Jesse. 'Dan ga je tien kaarten schrijven! Het lukt toch niet beter.'

'Hoe weet jij dat nou.'

'Ervaring. Schrijf nou maar zo kort mogelijk en dan posten we hem meteen.'

Zucht. Waarschijnlijk had ie gelijk.

Ik wil je heel graag zien. Wil je dat regelen? Alsjeblieft? Ben je nog boos op mij?

Eigenlijk wilde ik ook nog opschrijven dat ze moest weten hoe belangrijk ze voor mij was. Dat ik haar niet in de steek had willen laten, die avond. Maar… dat ze boos op mij kon zijn, ik was ook boos op haar! Want: wie was zij nou eigenlijk?! Kende ik haar wel? Wat had ze allemaal niet gelogen? En waarom had ze mij niet laten weten waar ze was? En was de rugzak haar goed bevallen? :P

Als ik dat allemaal opschreef, zou ik vast nooit meer iets van haar horen.

xxx, Susanne, besloot ik. Ik legde mijn pen neer en tuurde naar wat ik geschreven had.

'Klaar?' vroeg Jesse. 'Gaan we hem nú posten.'

'Ja, baas.'

Jesse was weer mijn maatje. Niks meer, niks minder. Wat gisteren had plaatsgevonden, leek nooit gebeurd. We repten er allebei met geen woord over.

25

De zomervakantie was begonnen. Ik liet mijn rapport veilig in mijn schoolrugzak tot mijn ouders er voor de derde keer om vroegen. In de laatste periode waren mijn cijfers dramatisch gekelderd. Maar dat boeide me niet: al was het op het nippertje, ik was over.

Mijn ouders keken een kort moment stomverbaasd. Daarna begrepen ze het goed. Te goed. Het was de schuld van 'die meid.' Ze waren woedend.

'Volgend jaar zullen we maar weer beter op je schoolwerk letten,' zei mijn vader. 'Ik dacht dat je die verantwoordelijkheid zelf aankon, maar blijkbaar niet.'

'Dit komt er nou van als je je zo laat beïnvloeden door die... die Marieke,' zei mijn moeder. 'Voor hetzelfde geld was je blijven zitten.'

Dat was helemaal niet waar want ik had van tevoren precies uitgerekend welk cijfer ik minimaal moest halen. Mijn ouders zeiden het niet, maar ze waren blij dat Vlinder niet meer in mijn buurt was.

Ik werkte in de winkel. Het was vet saai. Iedereen was op vakantie en van Vlinder hoorde ik niets.

Omdat mijn ouders druk waren met de nieuwe supermarkt, zouden wij dit jaar thuis blijven. Gelukkig besloten ze op het allerlaatste moment om, zoals bijna elk jaar, toch twee weken naar Kreta te gaan. Ik had er een supertijd. Overdag lag ik op het strand en 's avonds ging ik naar een gave disco van een camping naast ons appartement. En elke dag vroeg ik me even af of er vandaag thuis een brief of kaart van Vlinder op de deurmat gevallen zou zijn.

Bruinverbrand keerden we terug. Meteen wierp ik mij op

de dikke stapel post. Mijn moeder trok haar wenkbrauwen omhoog maar zweeg. Twee keer spitte ik de stapel door. Er was niets.

Ik was teleurgesteld. Toen bedacht ik dat het inmiddels allemaal zo lang geleden was dat ik me er niet meer druk om wilde maken.

Een week later, half augustus, kwam er een brief. Ik kende Vlinders handschrift niet, maar ik wist meteen dat het van haar was.

Hoi Suus,

...
...
...
Dit is alle tijd die ik zit na te denken wat ik je zal schrijven
...
...
...
....
Want tijd om na te denken, krijg ik hier wel.
...
...
Ik weet best wat ik wil schrijven, maar het is een beetje moeilijk :(
...
Over waarom ik je niet eerder geschreven heb....
...
Weg is weg, denk ik dus altijd. Ik wil nooit achterom kijken. Heeft toch geen zin. Het was leuk om vriendin met jou te zijn zolang het duurde.
Daarom wilde ik je niet terug schrijven. Ik hoefde je niet meer te zien. Het was klaar. Afgesloten hoofdstuk.

Snappie?

....

Poe poe

Maar eigenlijk... was ik erg blij met je kaart. :)Hij hangt op het prikbord op mijn 'kamer'. Ik kijk er elke dag naar. Echt. Als je achter dikke muren wordt opgesloten, is het heel heel fijn iets van buiten te horen. Daarom heb ik je opgegeven voor bezoek.(Nu gaan ze uitzoeken of je wel geschikt voor mij bent ;P)

Je moet niet schrikken als je hier komt. Nou ja, of wel. Ik ben me ook rot geschrokken. In Nederland kunnen ze je zomaar in de gevangenis dumpen als je minderjarig bent. Dat wist je vast niet. Wist ik ook niet. Ze hadden wel eens gedreigd met een inrichting, maar dit is echt een gevange-nis, man! (Ja, het héét jeugdinrichting, maar het is dus echt gewoon een gevangenis :(:(:(. Ik zweer het je.

Het is zo belachelijk. Alsof ik een crimineel ben. Ik ben nog steeds HEEL ERG KWAAD. grkr#@kt"!!! Maar niet op jou. Waarom zou ik. Waren we maar zonder feest op reis gegaan! Was alles anders gelopen. Was vast verschrikkelijk cool geweest. Maar ja. Niet achterom kijken, hè?

x van vliNdAH

PS1: Zodra ik weet wanneer je mag komen, bel ik je. (De eerste zes weken dat er alleen familie op bezoek mag komen, zijn al bijna om. :)

PS2: Wel komen hoor!!!

PS3: Ik schrijf dit liggend op bed. Normaal is mijn hand-schrift veel mooier.

Een paar dagen later werd mijn moeder gebeld door de gezinsvoogd van 'Marieke'. De gezinsvoogd wilde weten wat voor meisje ik was. Wat voor invloed ik op Marieke had. Mijn moeder had heel verontwaardigd gereageerd: 'dat het precies andersom geweest was.' Die Marieke had een slechte invloed op míj. Puur slecht. Nooit iets aan de hand met mij. Ik deed het goed op school, ik rookte niet, dronk niet. 'Nooit een probleem. Tot die meid.'

Het einde van het liedje was dat ik op Vlinders bezoeklijst stond. Ik ontving een folder met huisregels van de Justitiële Jeugdinrichting. Mijn moeder verzuchtte dat ze beter had kunnen zeggen dat Marieke het allemaal van míj geleerd had.

De dag daarop belde Vlinder. Mijn moeder nam op, noemde haar naam en overhandigde de telefoon, zonder iets te zeggen, aan mij.

'Met Susanne,' zei ik.

'Hé Suus.'

'Vlin!'

'Ja, met mij. Ik heb maar tien minuten en ik moet mijn moeder nog bellen. Wil je op bezoek komen? Kan je volgende week? Dat is mijn zevende week,' ratelde ze.

Het was te gek om Vlinder te horen, maar ook heel raar. Haar stem klonk vertrouwd en dichtbij, en op hetzelfde moment vreemd en ver weg. Alles leek zo lang geleden en tegelijk alsof het gisteren was.

'Ja, tuurlijk. Fijn om je weer te zien, Vlin.' Ik aarzelde even, maar zei toen: 'Ik heb je gemist.'

'Moet je niet doen, gup,' zei ze meteen. 'Je moet niemand missen. Je moet er gewoon wat van maken. Jij bent vrij. Jij kán er wat van maken.'

Ik moest lachen omdat ze nog precies dezelfde Vlinder was.

Ze vertelde me wanneer het bezoek was en we spraken af.

Mijn moeder knikte toen ik het haar vertelde.

''t Is goed,' zei ze.

Volgens mij was dat niet wat ze echt vond, maar ze begon te begrijpen dat ik geen klein kind meer was en dat ik eigen keuzes moest maken.

Dat was wat ik van Vlinder geleerd had.

26

Jesse ging met me mee. We namen een extra vroege trein omdat je exact op tijd moest zijn. Als je een kwartier te laat kwam, had Vlinder gezegd, was er kans dat je niet meer toegelaten werd.

In mijn rugzak had ik een klein, bruin beertje verpakt in een roze papiertje. De gigantische zak drop die ik eerst voor haar had gekocht, had ik met Daan leeggegeten. Dat mocht namelijk niet mee naar binnen. In de folder met huisregels stond een hele lijst met verboden spullen.

'Alcoholische dranken en drugs, wapens, telecommunicatiemiddelen...' las ik Jesse voor.

'Logisch,' zei hij.

'Stil,' zei ik. Ik sloeg een paar items over en vervolgde: 'Seksartikelen (lectuur e.d.), geldwaardige papieren (postzegels, telefoonkaarten enz), aanstekers/lucifers, stenen voorwerpen, spuitbussen, glazen voorwerpen (m.u.v. flesjes eau de toilette zonder drijfgas en nagellak), manicure en pedicure artikelen (m.u.v. zachte kunstnagels), tabakswaren, eetwaren/taart, planten en bloemen, niet doorzichtige cassettebandjes, kauwgom... Wat kan je nou met kauwgom doen?'

'Onder stoelen plakken.'

'Pfff. En met spuitbussen?'

'Iemand in z'n gezicht spuiten.'

Ik was even stil. Tussen wat voor gevaarlijke gekken zou Vlinder zitten?

''t Is alleen maar uit voorzorg dat die dingen niet toegestaan zijn,' zei Jesse op een verstandig toontje.

'Ja hoor. Met postzegels kan je zeker iemands mond dicht-plakken?'

Jesse haalde zijn schouders op.

Vanaf het station moesten we een paar haltes met de bus. Het miezerde. De nieuwbouwstad lag er kaal en grauw bij. De lucht was egaal grijs alsof de zomer hier niet doorgedrongen was. Ik vroeg me af wat erger was: gevangen zitten als de zon scheen of als het regende. We reden rotondes op en af over wegen die allemaal identiek leken en moesten al snel uitstappen. We staken een drukke weg over en liepen in de richting die de chauffeur gewezen had.

In de verte was een hoge grijze betonnen muur. Zou dat het zijn? We zagen geen bord.

'Dat móet het wel zijn,' zei Jesse. Een grijze muur aan de buitenrand van de stad. Erachter alleen nog bouwland. Boven de vier muren stak de rand van een enkel gebouw uit, maar er viel niks te zien. Geen mens. Geen teken van leven.

Ik voelde me vreemd. Wezenloos en zenuwachtig. Alsof ik naar een begrafenis ging. Ik had geen idee hoe het zou zijn.

'Als je er per se heen wilt, ga ik wel mee,' had mijn moeder gezegd.

Ja dahag. En dan de hele reis zeker aanhoren dat Vlinder toch géén vriendin voor mij was. Ik ging liever met Jesse. Boven op de muren waren een paar rijen prikkeldraad bevestigd.

'Hier zit je echt opgeborgen,' zei Jesse. 'Hier kom je niet zomaar uit.'

Ik knikte.

Gek was dat. Door die muur begon je meteen aan ontsnappen te denken. Misschien zou je helemaal niet weg willen als er geen muur was.

We liepen door het natte gras langs de kant van de weg. Een voetpad was er niet. Op een bord aan de zijkant van de ingang stond in grote frisgroene letters de naam van de instelling. Eronder in kleine zwarte letters: 'Justitiële Jeugdinrichting'. Rond de inrichting was een sloot. Een slootje van niks. Eenden fladderden eruit en vlogen over het gebouw. Zij wel.

Jesse wees naar een stenen muurtje voor de ingang, omwonden met dik ijzerdraad in een traliepatroon. 'Alsof de stenen hier zelfs weg willen lopen,' grapte hij flauw.

We gingen naar binnen. Ik moest mijn identiteitskaart aan het loket laten zien en daarna moesten we in de hal wachten. Er zaten meer bezoekers.

Na een tijdje mocht ik 'de sluis' in. Ik zei Jesse gedag en liep de glazen deur door. Mijn tas en jas moest ik opbergen in een locker. Ik ging door een detectiepoortje en het beertje door een scanner. Het was net Schiphol. Samen met een echtpaar liep ik verder. Een deur werd geopend en klikte na ons in het slot. Achter een medewerker aan liepen we een lange gang door. Aan het einde moesten we weer wachten, deur open, erdoor, deur dicht. Even later waren we in de bezoekzaal. In de hoek zat een bewaker in een blauw uniform.

De man en de vrouw namen plaats aan het dichtstbijzijnde tafeltje. Ik liep door naar het tafeltje in de hoek en wachtte. Er werd een meisje binnengebracht. Huilend vielen de man, de vrouw en het meisje elkaar in de armen.

Het volgende meisje dat gebracht werd leek een beetje op Vlinder. Leek een beetje op Vlinder? Het wás Vlinder! Vlinder zonder dreads! Korte spierwitte pieken. Ze zag er bleek uit. Ook leek ze dunner. Maar misschien kwam dat door het slobberige vest dat ze droeg. Ze droeg nooit wijde kleren.

Vlinder wees naar haar haren: 'Zonde hè?' en liep op me af.

Ze boog zich naar mij over, sloeg haar armen om me heen en drukte drie stevige zoenen op mijn wangen en mijn mond. Toen ging ze met opgetrokken knieën op de stoel naast mij zitten.

'Staat je goed dat haar, maar wel zonde, hoor. Móest het er af?'

'Nee joh! Zo gek zijn ze hier nog net niet.'

Ik gaf haar mijn pakje. 'Voor jou.'

'Voor de patiënt,' lachte ze en maakte het pakje open. Ze hield het beertje voor haar gezicht.

'Hé, jij bent lief,' zei ze met een kinderstemmetje. 'Ja, líef!' Ze klemde het beertje tegen haar borst en staarde zwijgend voor zich uit.

Ik wachtte tot Vlinder verder zou kletsen. Ze hield immers nooit langer dan tien seconden haar mond. Maar stil bleef ze voor zich uit kijken. Onwennig zat ik naast haar. Zocht in mijn hoofd naar woorden, maar vond er geen. Alles voelde anders. We zaten net als vroeger bij elkaar, maar het paste niet meer. Twee puzzelstukken die niet meer aansloten. Of had Vlinder er helemaal geen last van? Voelde ík dit alleen?

'Is het uh…' Hoe moest ik dat zeggen… 'Vind je het, ja uh… oké dat ik er ben?'

'Tuurlijk!' Vlinder knikte. ''t Is gewoon een beetje raar.'

En toen zei ik wat ik van tevoren bedacht had wat ik níet wilde zeggen: 'Je hebt mij helemaal niet meer gebeld of zo.'

Vlinder reageerde niet.

'Ik heb heel lang niets van je gehoord,' zei ik nog een keer terwijl ik haar dus juist géén verwijten wilde maken. Hou je kop, zei ik tegen mezelf.

'Je kunt hier niet op msn of je mobieltje gebruiken, weet je.'

'Ik bedoel... vóór je hier zat,' stamelde ik.

Vlinder haalde haar schouders op en gaf geen antwoord.

'Wat heb je eigenlijk gedaan dat je nu hier zit?' vroeg ik aarzelend.

'Wat ik gedaan heb? Weglopen, dát heb ik gedaan!' Ineens was Vlinder zichzelf. Eindelijk. Ze keek mij boos aan met haar grote grijsblauwe ogen. Ik was opgelucht. Een boze Vlinder kende ik.

'Niets dus! Ik heb níets crimineels gedaan, maar toch kan je in Nederland zomaar opgesloten worden als je minderjarig bent. Geloof je me niet?'

'Tuurlijk wel,' zei ik. 'Maar wat is er dan gebeurd?'

'Ik was bij een vriend in Utrecht. We waren samen in de stad. Die sukkel jatte iets en we werden opgepakt. Ik had niets gedaan, maar ik stond op de telex omdat ik was weggelopen.'

'En toen?'

'We werden meegenomen naar het politiebureau. Kwam er zo'n trut van de kinderbescherming voor mij. Die zegt: 'Ik heb een gesloten plek voor je geregeld.' Daarna werd ik door de politie hierheen gebracht. In een busje met geblindeerde ramen. Er was wel eens gedreigd met een gesloten plaatsing, maar ik had geen idee dat het zó zou zijn. Ik was helemaal in shock. Echt. Kom je hier. Moet je al je spullen afgeven, je helemaal uitkleden. Word je inwendig onderzocht en gevisiteerd. Weet je wat dat is?' *

138

Ik schudde mijn hoofd.

'Laat maar,' zei Vlinder. 'Wil je koffie? Thee?'

Ze was al opgestaan en liep in de richting van de koffietafel. 'Wat wil je nou?' riep ze naar mij omkijkend.

'Uh... koffie, nee, thee, doe maar thee.'

Verward keek ik om mij heen. Er waren nu een stuk of zes meisjes met hun bezoek. Best leuke meiden. Ze leken niet eng of zo. Een eindje verderop zat een mooi Surinaams meisje te lachen. Daarnaast een blond meisje dat er aardig uitzag.

Vlinder zette twee koppen thee op tafel.

'De kinderrechter moet toestemming geven om je gesloten te plaatsen,' ging ze verder. 'Toen ik hier een week was, moest ik bij die kinderrechter komen. Stelde geen bal voor. Het stond toch allang vast. Ik kreeg een advocaat, maar die kon ook niks doen. De kinderbescherming had in een rapport geschreven dat mijn ontwikkeling zorgelijk verloopt en meer van dat soort shit. Dat ik risicogedrag vertoon, dat ik wegloop, me aan het gezag van mijn moeder onttrek, haha...' Ze lachte schamper. '... dat soort gelul. Ik ben te zelfbepalend en ik dreig af te glijden. Ja, ik heb het héél goed gelezen allemaal! Gevaar voor loverboys noemden ze ook nog.'

'Ja, dat zei je moeder op tv ook.'

'Pff, ze zegt maar wat. En dat geloven ze dan. Ik kan heel goed voor mezelf zorgen. Maar dat mag dus niet. Shitzooi.'

'Rot voor je,' zei ik.

We waren even stil. Toen slurpten we tegelijk van onze thee, er werd verstoord omgekeken en ineens moesten we daar allebei heel erg om lachen. We zaten vijf minuten lang te hikken. Van de spanning, denk ik.

'Hoe is het hier?' vroeg ik toen.

'Erg,' zei Vlinder serieus. 'Het is écht erg. Als ik in bed lig, zie ik die muur met dat prikkeldraad. Dan lig ik de halve nacht te denken: Waarom? Waarom zit ik hier? De gang is niet groter dan zes bij twee meter. Ik voel me net een konijn in een hok. Iedereen heeft het moeilijk hier. Dat je je vrijheid kwijt bent, dat is het ergste. Je hebt helemaal geen rechten. Er zijn jongeren die hebben wat gedaan, inbraken ofzo, die wéten tenminste hoe lang ze hier moeten zitten. Maar als je alleen O.T.S. hebt zoals ik…'

'Otee wat?'

'Ondertoezichtstelling. Sta je onder toezicht van Bureau Jeugdzorg. Heb je een gezinsvoogd. Nou, als je alleen dat hebt, heb je geen idee hoe lang het gaat duren. Sommigen zitten hier al langer dan een jaar. Eén meisje was bij haar eerste verlof weggelopen. Is ze daarna nooit meer buiten geweest. Alleen nog om te luchten op de binnenplaats.'

'Jee.' Ik kon het me nauwelijks voorstellen.

'Er zit ook een meisje bij mij in de groep die is dertien. Die is hartstikke bang.'

'Zitten er erge engerds tussen?'

Vlinder schudde haar hoofd. 'Nee hoor. Ach, iedereen hier heeft toch hetzelfde probleem.'

'Hetzelfde?' Dat begreep ik niet.

'Ja, dat je opgesloten zit!' riep Vlinder uit. Ze zweeg even. 'De leiding is aardig, hoor,' ging ze toen verder. 'Ik kan goed met ze praten. Mijn mentor heet Ron. Hij begrijpt mij echt. Maar nu over jou.'

Ik vertelde dat ik op vakantie geweest was en dat mijn oma in een revalidatiecentrum zat, maar dat ze al bijna weer naar huis kon.

Vlinder knikte vaag. Toen legde ze haar hand op mijn arm. Haar ogen begonnen te schitteren.

'Vertel eens, gup. Heb je Bling eindelijk versierd?'

'Uh…' Ik moest even omschakelen. 'Nee, ik heb wat met Jesse gehad.'

'Jesse? Ik dacht dat hij meer een soort broertje voor je was.'

'Ja, maar ik kreeg het idee dat Bling eigenlijk een engerd was.'

'Bling? Een engerd? Welnee! Bling is een schatje en hij was hartstikke gek op jou!'

Zie je wel, dacht ik. Wat was ik stom geweest! 'Het was Fred, hè? Ik heb even gedacht dat het Bling enzo waren. Wat is er nou precies gebeurd die avond van het feest?'

'Ja, da-hag. Vertel ik nog wel een keer. We gaan het nu niet over die sukkel van een Fred hebben, hoor.'

'Heb je nog contact met Killah?' vroeg ik.

'Killah? Nee. Wat moet ik daar mee?'

Ik haalde mijn schouders op.

'Weet je,' begon ik, maar stopte.

'Wat?' vroeg Vlinder.

Ik zweeg.

'Wat?!' vroeg ze weer. 'Wazzup?'

'Je hebt mij wel een heleboel wijs gemaakt,' zei ik eindelijk.

Vlinder keek van mij weg. 'Het was leuk met jou omdat jij geen vervelende vragen stelde en nu begin jij ook al.'

'O,' zei ik. En nog een keer: 'O.' Wat kon ik zeggen?

'Ik heb hier he-le-maal geen zin in.' Ze klonk boos.

Ja, hal-lo. Ze had het er toch zelf naar gemaakt? Ik haalde diep adem en vatte moed. 'Je had míj toch wel kunnen zeggen hoe het echt zat met je?'

Ik dacht dat ze niet wilde reageren. Laat maar, dacht ik al. Maar toen ze haar hoofd een stukje terug draaide, zag ik dat haar ogen glansden.

'Sorry,' zei ze en beet op haar lip.

'Waarom deed je dat niet?' vroeg ik zacht.

'Weet ik veel! Ik kan wel wat verzinnen, maar ik weet het niet. Ik doe maar wat.'

Weer viel er een stilte.

'Dat geloof ik niet. Je hebt er heus wel over nagedacht,' zei ik, veel stelliger dan ik in werkelijkheid geloofde. 'Je heet geen Vlinder. Je ouders zijn niet op wereldreis. Ze vonden het helemaal niet goed dat je bij Fred zat. Je…'

'Hou op,' zei Vlinder.

Ik hield mijn mond.

'Ik dacht uh…. Het was omdat…' Vlinder tuurde voor zich uit. 'Ik wilde…' Ze leek te twijfelen of ze wel of niet zou gaan vertellen. Ik wachtte.

Na wat een hele tijd leek, haalde ze diep adem en opende haar mond. Haar ogen vulden zich met tranen. Een beekje dat net niet overstroomde.

Ze zei: 'Ik wilde…' en werd onderbroken door een bewaker: 'Wil het bezoek afscheid nemen?'

Nu al? Vlinder en ik staarden elkaar aan. Toen draaide ze haar hoofd en keek van me weg. Maar meteen daarop keerde ze haar hoofd weer naar me toe en keek me met grote ogen aan. Ze zei: 'Ik wilde het leven laten zijn zoals ik het droomde.'

Ze sloeg haar ogen neer alsof ze zich verlegen voelde. Zo kende ik haar niet. Helemaal niet.

'Je had gewoon een ander leven verzonnen!' zei ik. Dat was wel echt iets voor haar. Ik sloeg een arm om haar heen. Tegelijk stonden we op. We omhelsden elkaar. Ik voelde tranen in mijn hals.

Even later liep ik met het andere bezoek de gang door naar de uitgang.

Jesse zat buiten op het muurtje te wachten. Hij luisterde naar muziek via zijn i-pod. Zodra hij mij zag, kwam hij overeind.

'Was het leuk?' vroeg hij.

* Visiteren: *aan den lijve onderzoeken* volgens Van Dale. In de tekst wordt bedoeld: anale controle. Met 'inwendig onderzoek' wordt vaginale controle bedoeld.

27

Een week later ging ik weer op bezoek. Vlinder had gebeld en gevraagd of ik kwam. 'Mijn moeder vindt het niet erg om een keer over te slaan,' zei ze cynisch.

Het was te gek om Vlinder weer te zien. Ze kletste aan één stuk door. Als ik een verkeerde vraag stelde, praatte ze er snel overheen. Of ze noemde me lachend 'Aagje' en zei dat ik maar psycholoog moest worden. Kon ik de verhalen van al die zielige mensen aanhoren. Psychologen waren volgens Vlinder mensen die alleen maar in levens van anderen wroetten omdat ze zelf geen leven hadden.

Ze vertelde dat haar moeder best lief was, maar dat ze niet zonder kerel kon. 'Haar vorige vriend was echt vreselijk,' zei ze. 'Is ze daar eindelijk van af, neemt ze weer zo'n zak. Als hij even moeilijk doet, kan ze niet op bezoek komen.'

Ze begon te praten alsof ze voorlas: 'Moeder is pedagogisch zwak en wordt in beslag genomen door haar eigen relatieproblemen. Marieke heeft geleerd voor zichzelf te moeten zorgen. Ze is erg zelfstandig, maar kan moeilijk hulp accepteren.'

Ze grijnsde zonder te lachen. 'Dat staat in het rapport van de kinderbescherming.'

'Weet je,' zei ze, 'ik zat gevangen thuis. VMBO afmaken, caissière worden. Dat was mijn toekomst. Maar wat ik wil, is dansen. Mijn moeder zei altijd: "Hou je wat meer op de achtergrond. Wees als iedereen. Dansen kan later ook nog." Ik kreeg geen lucht daar. Ik móest weg. Mijn leven zou nooit beginnen als ik thuis bleef.'

'Ben je daarom weggelopen?'

'Onder andere.'

Ik zweeg en wachtte tot Vlinder meer zou vertellen.

'Volgens mijn moeder,' zei ze uiteindelijk, 'heb ik al mijn problemen aan mezelf te danken. Omdat ik teveel aandacht trek.' Ze slikte. Haar stem zakte een octaaf. 'Ron, mijn mentor, zegt dat mijn moeder mij nooit beschermd heeft.'

Ik wist daar niets op te zeggen en wachtte weer, maar Vlinder bleef stil.

'En je vader?' vroeg ik toen maar.

'Die heb ik nooit gekend.'

'O, erg,' zei ik.

'Nee hoor. Ik weet niet beter.' Ze vertelde uit zichzelf dat het stel met wie zij op de foto stond - de foto die ze me had laten zien toen ze nog bij Fred woonde - haar oom en tante waren. Zíj waren op wereldreis. 'Topmensen,' zei Vlinder. 'Zo wil ik later ook leven.' Haar tante was de vijftien jaar jongere halfzus van haar moeder. Ze zuchtte. Daarna leek ze zich bij elkaar te rapen. Ze lachte en draaide haar gezicht naar mij toe. 'En nu over jou. Vertel eens wat.'

Ik vertelde dat het stiller leek in 4U2B sinds Vlinder er niet meer was. Dat mijn oma weer thuis was. Ze kreeg hulp. En dat ik volgende week weer naar school moest. 'Bah,' zei ik hartgrondig.

Vlinder keek me aan. Haar ogen begonnen te glinsteren en boorden zich in de mijne.

'Je hebt er echt geen zin in, hè?'

Ik schudde mijn hoofd.

'Suus, luister.' Ze pakte me beet en boog zich naar mij voorover. 'Ik heb nagedacht,' fluisterde ze. 'We kunnen gewoon op de oude manier doorgaan! Ik blijf hier niet eeuwig. Straks krijg ik verlof of ze bedenken een of andere leefgroep voor me. Dan zit ik niet meer opgesloten en

kan ik ervandoor. Kunnen we toch nog samen weggaan.'
Ingespannen keek ze me met grote verwachtingsvolle ogen aan. Ik hield mijn adem in en zweeg.
'Het leven leiden waarvan we droomden! Frankrijk, Ibiza, weet je nog?'
Eén seconde was het stil.
'Nee,' zei ik toen. Ik had het gezegd voor ik er erg in had. 'Ja, ik weet het nog. Maar nee dus.'
Ik schrok zelf van mijn woorden. Vlinder liet onmiddellijk mijn armen los en bewoog haar lichaam naar achteren. Ze liet haar onderlip hangen en keek me verstoord aan. Ik voelde me een spelbreker, maar ik kon niet meer terug.
'Ik wil wel met je op vakantie,' zei ik snel, 'maar volgende week moet ik alweer naar school. Ik wil het volgende schooljaar niet missen.'
Vlinders ogen vernauwden zich. Haar gezicht leek zich te sluiten. Haar ogen werden grauw. Grijs. Ik voelde me een verrader. Om ons heen werd druk gekletst, stemmen verhieven zich en af en toe werd er gelachen. Tussen ons was het doodstil.
Toen zei ze ineens simpel en luchtig: 'Dan niet.'
Ze trok haar mondhoeken omhoog in een grijns, maar het klopte niet. Haar ogen deden niet mee.
Mijn maag trok samen. 'Ik wil wel met je op vakantie,' zei ik weer. 'Dat wel. We kunnen in de herfstvakantie een week weg. Of twee weken met Kerst.'
'Laat maar zitten.'
'Het spijt me. Maar ik …'
'Het geeft niet, Susan,' zei ze nadrukkelijk.
Susan? dacht ik.
'Laat nou maar. Wil je nog thee?'
Zonder mijn antwoord af te wachten pakte ze onze lege

koppen, stond op en verdween ermee naar de koffie- en theetafel. Daar begon ze een praatje met een bewaker. Ik hoorde haar lachen. Te schril. Te hard.

Stiekem keek ik op mijn horloge. Ik verlangde naar buiten. Weg. Weg van dit schuldgevoel.

'We kunnen toch wel gewoon vriendinnen blijven?' vroeg ik toen ze terug was. Ik voelde me verschrikkelijk klein.

'Tuurlijk,' zei ze. 'Waarom niet?'

Zwijgend zaten we naast elkaar en dronken onze hete thee.

'Vlin? Wees nou niet boos.' Ik hoorde hoe bedelend ik klonk.

'Hé, ben ik boos? Doe ik onaardig? Nee toch! Hou eens op!'

Ik beet op mijn lip. We zeiden weinig meer. Ik wilde weg, maar durfde dat niet te zeggen en dus bleef ik maar zitten. Gespannen als een veer. Toen aangekondigd werd dat het bezoek afscheid moest nemen, stonden we meteen op. Allebei. We gaven elkaar een snelle kus.

Even later liep ik het gebouw uit, naar de bushalte. De lucht was strak blauw, de zon scheen brandend op mijn blote schouders. Ik voelde me leeg. Geamputeerd.

In de bus, op weg naar het station, voelde ik de tranen achter mijn ogen. Het was de laatste keer dat ik Vlinder zag. Dat wist ik toen nog niet, maar waarschijnlijk voelde ik het. Ik moest huilen om de onvolmaaktheid van onze vriendschap. Ik had haar afgewezen, vond zij. Maar dat wás niet zo! Ik wilde alleen niet met haar op reis! Dat was alles. Maar - dat begreep ik heel goed - voor Vlinder was die reis alles. Die reis had haar vlucht kunnen zijn. Haar vrijheid. En ik had haar dat geweigerd.

Ik legde mijn voorhoofd tegen het koele raam van de bus.

Het hielp niet om de tranen tegen te houden. De bus trok op en met een harde klap viel mijn hoofd tegen het glas. Ik liet mijn tranen de vrije loop.

28.

MARIEKE

'Dag Marieke. Welterusten voor straks. Tot morgen.'
Tien uur. De zware deur van haar cel valt in het slot. De avonddienst gaat naar huis.
Marieke ligt op haar rug op bed. Wegvliegen kan niet. Ze is geen Vlinder meer. Ze is Marieke Jongejan uit Tilburg, pupil in een Justitiële Jeugdinrichting.
Tien uur en niets te doen. Waarom mag je hier niets? Helemaal niets! Er is voor de jongeren niet eens een computer. Het lijken de middeleeuwen wel.
Een zomeravond. En zij zit opgesloten! Gevangen! Waarom?
Ze wil dansen! Leven! Ze tuurt door het hoge smalle raam in haar cel, ziet de grijze muur met het prikkeldraad in het halfdonker en sluit haar ogen.
Dromen, dat was het énige wat ze nog kon. De afgelopen weken stelde ze zichzelf voor in de zon, langs een snelweg in Zuid-Frankrijk. Samen met Suusje. Liftend naar Spanje. Naar de vrijheid. Het was haar favoriete droom. Maar Suus heeft die droom aan flarden geschoten. 'Nee,' zei ze hard en duidelijk. Knal. Weg.
Ze opent haar ogen weer. Ze moet die droom opgeven, het doet alleen maar pijn. En ze moet Suus opgeven.
Suus met al haar vragen...
Ja, wat had ze dan gedacht? Niks. Ze had niets gedacht. Want ze wil niet denken. Ze denkt al veel te veel sinds ze hier zit. En praten wil ze ook niet. Niet over moeilijke dingen tenminste. Wat schiet ze ermee op? Maar hier in de jeugdinstelling móet ze. Nou, ze vertelt de leiding echt

niet alles. Zelfs Ron niet, haar mentor. Het gaat ze niets aan!

Ze is gewend geheimen te hebben.

Ze denkt terug aan de twee bezoeken van Suus. Suus bleef maar vragen stellen. Waarom ze geen contact gezocht had. Marieke had gedacht dat Suus dat, ook zonder woorden, wel zou snappen. Dat ze zich te erg schaamde. Voor alles. Vlak voor ze naar de inrichting vervoerd werd, heeft ze Killah gebeld, zodat Suus het te horen zou krijgen. Alleen dáárom heeft ze Killah gebeld. Maar dat gaat ze toch allemaal niet zeggen? No way!

De eerste keer vroeg Suus waarom ze zoveel gelogen heeft. Pfff. Het kostte haar veel moeite, maar die vraag heeft ze beantwoord. Ron mag trots op haar zijn. Ze vinden het hier fantastisch als je open bent. Dan krijg je bijna applaus. Maar ze zou Suus nooit alles kunnen vertellen... Alleen al over het feest... Suus had gedacht dat het Bling en zijn maten geweest waren die haar... Bling! Wacko! Hun vríenden! Hoe kon Suus dat nou gedacht hebben! Had ze het wél moeten vertellen? Maar wat had ze kunnen zeggen?! Ze is heus niet bang, zoals Ron een keer beweerde, om bij de dingen stil te staan. Echt bullshit. Ze zal eens proberen om zich zo'n gesprek met Suus voor te stellen. Ze heeft toch niks anders te doen. In gedachten gaat ze terug. Ze haalt diep adem en begint.

'Bling en zijn vrienden waren er al vroeg die avond,' vertelt ze Suus in gedachten. 'Er was veel drank. Daar hadden wij voor gezorgd, maar Bling en zijn vrienden kwamen ook nog met een paar kratjes bier aanzetten. Het was echt chill, al was het flauw dat jij gewoon niet op kwam dagen. Maar... rond middernacht stond Fred ineens in de flat.

'Wat is dit voor zooi!' schreeuwde hij.

Zij lag met Killah op de matras en had hem niet eens binnen horen komen.

'Hij zou toch de hele nacht werken?' stelt ze zich voor dat Suus vraagt.

'Ja,' antwoordt ze, 'maar toevallig had hij een ritje in de buurt. Hij besloot even naar huis te gaan. Niet wetend dat er een feestje gehouden werd in zíjn flat. Hij zag zuipende Antillianen, zag haar met Killah op de matras. De muziek joeg zijn hartslag op. Hij trok de stekker uit de installatie, zíjn installatie, en schreeuwde dat het een verschrikkelijke klerezooi was!'

'EN IEDEREEN MOET NU OPROTTEN!'

Ze had met de jongens mee willen gaan.

'Jij wou er vandoor?! En die troep laten voor wat het is? Ik dacht het niet, hè! Ik dacht het niet!'

'Dan niet.'

Ze zei tegen de jongens dat ze niet meeging en begon op te ruimen. Fred dronk ondertussen de halfvolle glazen en pijpjes leeg, alles wat er maar was. Toen ze zich boog om de paar laatste bierflesjes te pakken, voelde ze opeens Freds arm om haar middel, zijn lichaam over haar heen gebogen, zijn stinkende adem in haar nek.

'Ik weet wat beters,' steunde hij. 'Maak even lekker af waar je net met die zwarte aan begonnen was.'

Ze probeerde hem van zich af te duwen. Maar hoe heviger zij zich verzette, hoe steviger Fred haar vasthield.

'Je doet het toch ook met hem? Dus waarom nu niet met mij! Kom op! Ik weet toch dat je er niet vies van bent? Het wordt weer eens tijd. Je woont hier niet voor niks.'

Fred gooide haar op de matras. Vlinder werd woest.

Ze had eerder met hem gevreeën. Pff, nou ja... Dat moest

dan maar. In gedachten ziet ze Suusjes geschokte gezicht voor zich. 'Kijk niet zo,' zal ze zeggen. 'Zo veel stelde het niet voor. Echt niet.'

Maar opeens zal Suus begrijpen hoe ze af en toe aan geld kwam. Geld waar ze altijd zo snel mogelijk vanaf wilde. Dat zal ze ineens óók snappen. Suus zal haar vies vinden. Een hoer. Ze zal er níets van snappen.

'Vertel verder.' Suus wil natuurlijk wel alles weten.

Ze zucht even. 'Wil je het per se horen? Oké dan!'

Ze had eerder met hem gevreeën, maar nooit zó... Fred was weerzinwekkend. Hij deed alsof hij er recht op had. Ze walgde van hem. Hij had haar rits al los getrokken. Ging met zijn smerige poten in haar broek. 'Nee,' hijgde ze, huilde ze. 'Nee!' Op dat moment was hij niet meer alleen Fred. Hij was ook de ex-vriend van haar moeder. Hij was... Haar adem gierde door haar keel. Ze stak haar arm uit, graaide naar het bierflesje een eindje verder op de grond, greep het en sloeg het, met alle kracht die ze in zich had, op zijn kop kapot. Op de kop van alle mannen die haar gepakt hadden.

Fred verloor zijn laatste restje zelfbeheersing, stompte met zijn vuist in haar gezicht, en nog een keer. Pijn voelde ze niet eens. Die kwam later pas. Toen rolde hij in het glas. Hij vloekte. Bloedde.

Op dat moment zag ze kans zich los te rukken. Ze rende naar de wc en sloot zich op. Een hele tijd zat ze daar, terwijl Fred tekeer ging.

Eindelijk werd hij rustiger.

'Weet je wat? Kom er maar uit en hoepel gewoon op,' zei hij ten slotte. Ze deed het niet. Ze keek wel uit. Toen leek Fred weer kwader te worden.

'Donder op, zeg ik toch!'

Na een hele tijd had ze de wc toch maar verlaten. 'Oké,' zei ze. 'Ik ga.' Ze was net bezig haar spullen in de oude rugzak van Suus' vader te gooien toen er beneden aangebeld werd.

Fred schrok. 'Je doet niet open!' zei hij tegen haar.

Hij dacht dat het de politie was. Ze ging door met haar spullen bijeen rapen tot de bel eindeloos ingedrukt werd gehouden.

'Ik kijk even.'

'Nee!' riep Fred. Maar ze was al bij het raam. Fred hoorde dat het Suus was.

'Stuur 'r weg!' siste hij achter haar. 'Nu! Anders ben je nog niet jarig! Dat zweer ik je.'

Pfff. Ze zucht. Slikt. Het is niet echt leuk om aan terug te denken. Ze wil het eigenlijk helemaal niet meer wéten.

'En toen?' zal Susanne vragen.

'Toen jij weg was, heb ik mijn spullen gepakt en ben ik vertrokken.'

'Fred liet je weggaan?'

'Tegen die tijd lag hij te ronken. Hij heeft het niet eens gemerkt.'

'Poe, wat een verhaal,' zegt Suus. Voor haar is het 'een verhaal'. 'En toen?'

Ze was naar het huis van Suus' oma gegaan. Ze had inderdaad goed opgelet toen ze op bezoek geweest waren. Ze gokte erop dat de schuurdeur weer open zou staan. Dat was inderdaad zo. Die nacht sliep ze in de schuur. In een tuinstoel achter een hoge stellage vol dozen. De volgende dag belde ze Kenneth, een vage kennis van internet. Hij was destijds - toen ze wegliep - haar tweede keus geweest om heen te gaan.

'Shit,' zal Suus zeggen, want als Fred al eerste keus was...

'Ja, hal-lo, wat moest ik anders?! Ik heb een paar vrienden die op zichzelf wonen, maar allemaal in Tilburg. Daar kon ik niet heen. Die gast nam eerst niet op. Ik kon pas op zondag bij hem terecht.' Zaterdag was ze dus maar in de schuur van Suus haar oma gebleven. Ze voelde zich te rot om zich te vertonen. De hele dag was ze bang om ontdekt te worden. Als Suus' oma de schuur was binnen gekomen, was dat gebeurd. Maar gelukkig kwam oma de schuur niet in. Wel was ze soms boven in huis. Door het raampje kon Marieke dat zien. Ze was haar schuilplaats uitgerend en had vliegensvlug uit de keuken brood, een pak koeken en een fles spa gesnaaid.

De volgende dag, vroeg in de ochtend, wilde ze nog iets te eten pakken. In het huis zag ze geen leven. Oma sliep vast nog. Ze sloop naar de keuken en bewoog de deurkruk zo stil mogelijk naar beneden. Shit. De deur zat op slot. Ze wilde zich alweer omkeren, toen ze door het raam oma zag liggen. Op de grond. Op haar rug.

Ze bonsde tegen het raam. Schreeuwde: 'Mevrouw! Hallo!' Oma reageerde niet. Haar gezicht was grauw en eng vertrokken. Marieke dacht dat ze dood was.

Wat moest ze? Buren waarschuwen? Als oma níet dood was, duurde dat veel te lang. Ze moest een steen van het tuinpad pakken. Het raam inslaan. Het gat glasvrij maken. Haar hand erdoor. De sleutel omdraaien. De deur openen. Hollen naar oma. Aan haar schudden. Geen reactie.

Maar oma ademde. Haar borstkas bewoog. Ze was niet dood. Marieke belde 112. De ambulance kwam, er was geen tijd om na te denken, voor ze het wist zat ze in de ambulance op weg naar het ziekenhuis.

Daar ziet ze de ouders van Suus.

Ze wordt nog kwaad als ze aan die kaklui denkt. Vooral

die moeder. Wat een bitch. Zíj, Marieke, heeft ervoor gezorgd dat oma naar het ziekenhuis is gebracht, maar die moeder behandelt haar alsof ze stront is. Alsof het háár schuld is. Alsof zíj oma iets heeft aangedaan.

Suus zal dit niet leuk vinden om te horen. Pech. Kan zíj niets aan doen.

Ze had haar rugzak uit oma's schuur gehaald ('Jóuw rugzak?' zal Suus met een lachje vragen) en was naar Kenneth in Utrecht vertrokken. Het eerste wat ze daar deed, was haar haren laten knippen. Om niet herkend te worden. Door dat blauwe oog dat langzaam paars werd, viel ze al te erg op.

Ondanks haar korte haren werd ze zo'n drie weken later opgepakt.

'Hoe was het verder in Utrecht?' zal die nieuwsgierige Suus willen weten.

'Ach gewoon. Shitzooi.'

Marieke tuurt door het hoge smalle raam van haar cel. Kan ze Suus dit allemaal vertellen? Over Fred? En over Kenneth? En over die ex-vriend van haar moeder?! Nooit! Suus is een stuk jonger en heeft nog niks meegemaakt. Lieve, pure Suus. Ze zal er niks van snappen. Soms begrijpt Marieke het zelf niet eens.

Ze draait zich op haar zij. De nachten zijn het ergst. Al dat denken. Dat herkauwen. Ze haat dat. Kon ze maar uitgaan, kon ze maar dansen, lol maken. Waarom zit ze hier opgesloten? Ze wordt er gek van. Nog acht uur voor haar deur van het slot gedraaid wordt.

Liegen maakt eenzaam. Dromen ook. Met Suus kon ze dromen delen, dacht ze, maar Suus heeft hun droom kapot gemaakt. En nu? Nu laat zíj de vriendschap uit haar handen vallen. Bam. In honderd stukjes en scherven. Kapot.

Susanne

Na mijn laatste bezoek belde Vlinder niet meer. Toen ik een hele tijd later contact met haar zocht, bleek ze niet meer in de instelling geplaatst te zijn. Weggelopen of overgeplaatst naar een besloten* inrichting? Ik weet het niet. Ik heb nooit meer iets van haar gehoord. Pas veel later bedacht ik dat ik contact had kunnen zoeken via haar gezinsvoogd, maar dat heb ik niet gedaan.

Mijn leven na Vlinder verliep weer heel wat rustiger. Ik bleef naar 4U2B gaan, trok zo nu en dan met Jesse op en ontmoette andere mensen. Ik redde me wel. Toch kan ik achteraf zeggen dat de middelbare schooltijd niet de beste tijd van mijn leven was. Het kostte me zoveel moeite om vrienden te vinden die bij mij pasten!
Inmiddels woon ik op kamers in Amsterdam waar ik psychologie studeer. Ik heb een leuke vriend en een paar echt goede vriendinnen. Van 'de mensen van het veldje' zie ik niemand meer. Van 4U2B heb ik alleen nog contact met Wacko, die nu gewoon Stefan heet. Hij woont ook in Amsterdam en is een vriend van me geworden. Bling, heb ik gehoord, woont samen en zijn vriendin is in verwachting van hun eerste kindje. Jesse woont nog in mijn oude woonplaats waar hij fitnessinstructeur is in een sportschool.

Vlinder heb ik nooit meer gezien.
Tot vanavond.
Meer dan vijf jaar na dat laatste rampzalige bezoek.

Ik zapte langs de verschillende netten op tv en hield ineens mijn duim beweginloos. Ondanks de paarse pruik op haar hoofd, herkende ik haar in een flits. Omdat ze danste! Vlinder! Niet in een clip van een vage Amerikaanse rapper, maar in een showballet bij een Nederlandse zanger. Ik stootte mijn vriend aan.

'Zo hé!' zei hij en zijn mond viel bijna open. 'Wat een power.'

Ik kan me niet voorstellen dat iemand naar die zanger keek of naar de andere danseressen. Want Vlinder danste... danste zoals ik alleen háár heb zien dansen. Vloeiend als water. Als Braziliaans carnaval, een swingende negerin, een buikdanseres. Seks.

Op goed geluk heb ik net haar naam ingetikt op internet. Ik vond haar meteen. Ze heeft een eigen website. Het gaat hartstikke goed met haar.

In een stukje 'biografie' las ik dat ze - na jaren waarin ze van crisisopvang naar crisisopvang trok - via een project voor zwerfjongeren, meegedaan heeft aan een theatervoorstelling. Daar is ze ontdekt. En nu danst ze voor topproducties! 'Maak je droom waar!' stond boven haar biografie.

Ik heb haar een lange mail gestuurd. Morgen, zodra ik wakker ben, zal ik mijn e-mail checken.

---

* Half open inrichting (vaak als vervolg op gesloten plaatsing)

Noot van de auteur:

Ouders hebben het gezag over hun kinderen. Dat betekent dat zij alle belangrijke beslissingen over hun kinderen mogen nemen. Maar als ouders niet goed voor hun kind zorgen óf als een kind ernstige problemen heeft én hulpverlening helpt niet, kan de Raad voor de Kinderbescherming aan de Kinderrechter vragen om het kind (of de jongere) onder toezicht te stellen.

Als de Kinderrechter een ondertoezichtstelling (OTS) uitspreekt, hebben de ouders het niet meer alleen voor het zeggen. De gezinsvoogd is dan ook verantwoordelijk. De gezinsvoogd moet er op letten hoe het met het kind (of de jongere) gaat. Ook moet de gezinsvoogd het kind en zijn/haar ouder(s) helpen de situatie te verbeteren.

De Kinderrechter spreekt jongeren vanaf twaalf jaar vóór hij/zij een beslissing neemt over een ondertoezichtstelling. Behalve als de Kinderrechter vindt dat er direct wat moet gebeuren: dan kan hij een *voorlopige* ondertoezichtstelling uitspreken (V-OTS). Bij jongeren kan dit bijvoorbeeld voorkomen als zij vaak weglopen. De rechter hoeft het kind dan níet eerst te horen. Als je twaalf jaar of ouder bent, moet de rechter je wel de gelegenheid geven om binnen twee weken na de beslissing alsnog je mening te geven.

Als de problemen ernstig zijn en een jongere niet meer terug naar huis kan of naar een gewone crisisopvang, kan besloten worden tot plaatsing in een gesloten setting. Plaatsing in een gesloten setting kan alleen met toestemming van de Kinderrechter.

De ondertoezichtstelling wordt meestal uitgesproken voor een jaar. Als de situatie van het kind na een jaar niet verbeterd is, kan de ondertoezichtstelling verlengd worden met een jaar. Als de situatie van het kind verbeterd is, kan de ondertoezichtstelling opgeheven worden. De ondertoezichtstelling eindigt in ieder geval als de jongere meerderjarig wordt.

Bovenstaande informatie is afkomstig uit de folder: "Jij... onder toezicht gesteld? Informatie over ondertoezichtstelling."
Een uitgave van de kinder- en jongerenrechtswinkel Amsterdam.

Om zo waarheidsgetrouw mogelijk te kunnen schrijven over de plaatsing van Vlinder in een justitiële jeugdinrichting heb ik een informatief gesprek gehad met Nettie Hardoar, behandelcoördinator, en met Ange van Langen, unitmanager, van Rentray, een Justitiële Jeugdinrichting te Lelystad.

Daarnaast heb ik gesproken met Sandra en Deborah die mij open en uitvoerig vertelden over wat het voor hen betekent om in een instelling als deze geplaatst te zijn. Ik wil hen nogmaals voor de gesprekken bedanken!